文春文庫

京洛の森のアリス

望月麻衣

文藝春秋

京洛の森のアリス

目次

序章、第一章　別冊文藝春秋2018年1月号
第二章〜終章　書き下ろし

京洛の森のアリス

序　章

「お迎えに上がりました」


男は、黒いシルクハットを手に頭を下げた。

初老の紳士だ。右目に片眼鏡、黒いスーツの胸ポケットにハンカチ、手には白い手袋、足許《あしもと》には黒い革靴が光っている。おそらく、胸ポケットの留め金は懐中時計だろう。

まるで英国紳士のような出で立ちであり、そんな彼の背後には、誂《あつら》えたかのような大正時代を思わせるアンティークな高級車が待機している。

車の色も黒であり、彼の靴同様、光るほどに磨かれていた。

何もかもが、少し時代錯誤のように感じたが、彼は京都からの使者。

古今混同している都《みやこ》の人間は、こんな感じなのかもしれない。

それにしても、東北の三月はまだまだ寒く、決して春とはいえない。

雪も残るような中、この車で大丈夫だったのだろうか、と思わず訝《いぶか》ってしまう。

「まあまあ、置屋《おきや》から迎えが来てくれたなんて、良かったねぇ、ありす」

叔母が心からホッとしたように、少女・ありすの肩に手を載せる。

ぼんやりと立ち尽くしていたありすは、叔母の言葉に我に返り、曖昧《あいまい》に頷《うなず》いた。

おさげにした髪が、揺れる。

ありすの髪は長い。

伸ばしているのではなく、なんのことはない、美容室に行かせてもらえなかったからだ。

ある程度伸びると、自分で切り、その雑さが目立たないように二つに編んでいた。

初老の紳士は、そんなありすを前に、にこりと目を弓なりに細める。

田舎のみすぼらしい少女だと思っているのだろう。

微笑《ほほえ》みながらも、こんな冴えない子に務まるのかと思っているのかもしれない。

居たたまれなさにありすが俯《うつむ》きかけたその時、声を聞きつけた叔父が「なんの騒ぎだよ」と家の前に出てきた。

「あなた、ありすにお迎えが来たのよ。良かったわ」と叔母は胸に手を当てる。

「へぇ、迎えが来たなら、交通費返せよ、ありす」

叔父は、頭をぼりぼりとかきむしりながら、大きな手をありすの前に出した。

「もう、京都までの交通費は、ありすが自分で貯めたものなのよ」

「これまで俺が世話してやったんだ。使うはずだった交通費をこっちに寄越《よこ》すくらいの気持ちがあってもいいだろ！」

「いい加減にして頂戴《ちょうだい》！」

もう我慢できないとばかりに叔母が声を上げる。

二人の様子に、きりり、とありすのお腹《なか》が痛くなる。

だが、自分のために二人が争う姿を見るのは、これが最後なのだ。

「お、叔母さん、大丈夫だよ。叔父さんの言う通り交通費はもういらなくなったんだから……」

ありすが、ショルダーバッグの中から小さな財布を取り出そうとすると、それを遮るように初老の紳士が前に出て、「どうぞこれを」と叔父に封筒を差し出した。

「随分、行き届いてるじゃねぇか」

叔父は、彼の前で無遠慮に封筒の中身を確かめて、「おっ」と声を上げる。

予想していたよりも、多く入っていたのだろう、たちまち上機嫌な様子を見せた。

「そんじゃ、ちょっと出掛けてくる。ありす、元気でな」

「はい、叔父さん、お世話になりました」

ありすは、深く頭を下げる。

叔父はありすの方を見ようともせずに片手を上げて、軽トラックに乗り込み、そのまま走り去った。

おそらく、いつものようにパチンコに行ったのだろう。

叔父がパチンコに出かけるたびに叔母は機嫌を悪くしていたが、ありすはいつも心からホッとしていた。

彼にとって、厄介払いができたと喜んでいるのは分かる。

とはいえ約八年間、共に生活してきて、別れの時だというのに素っ気ないものだ。

叔父も、そして自分も——。

ありすはぼんやりそんなことを思いながら、叔父の軽トラを見送る。

「ありす様、どうぞお車に」

背にそっと手を添えて車に乗るよう促す紳士に、ありすは我に返って頷き、後部席に乗り込もうとすると叔母が慌《あわ》てたように駆け寄り、肩に手を置いた。

「ありす、気を付けてね」

「はい」

「……ありす、本当にごめんなさいね。義兄《にい》さんと姉さんが亡くなった後、うちに来てもらったのは良いけど、あなたには満足なことをしてあげられなくて……。京都で生まれ育ったあなたが東北の田舎に来ての貧乏暮らしは、応《こた》えたでしょうね。結局、高校も行かせてあげられないことになって、本当に……」

目に涙を浮かべる叔母に、ありすは「ううん」と首を振る。

「今まで育ててくれてありがとうございました。叔父さんは厳しかったけど、叔母さんがいつも優しくしてくれて、かばってくれて嬉《うれ》しかった」

「……ありす」

叔母は、ぎゅっとありすの体を抱き締めた。

彼女の体からは、箪笥《たんす》の防虫剤の匂いがする。

それがありすの胸に切なく迫る。

「あなたは姉さんに似ているから、これからもっと器量が良くなっていくわよ。素敵な舞妓《まいこ》さんになってね」

「――はい」

ありすは母の妹である叔母と最後に握手を交わして、車に乗り込んだ。

後部席のシートには、うさぎのぬいぐるみが置いてあった。

まだ、十六にもなっていないありすに対する置屋の計らいなのだろうか。

そのぬいぐるみは真っ白でスーツを着て蝶ネクタイに懐中時計をつけ、まるで『不思議の国のアリス』に出てくるうさぎのようだった。

『ありす』という名前を意識してのことなのだろうか？

それにしても、まるで本物のうさぎのように精巧だ。

ぬいぐるみをジッと見詰めていると、

「いやー、あの奥さんもイイ女なのに勿体《もったい》ないよなぁ。あんな亭主につかまっちまってさぁ」

助手席から男の声がし、ありすはぴくりと肩を震わせた。

どうやら、助手席に人が乗っていたようだ。

だが随分背の低い人のようで、ありすの位置から姿は見えない。

「人様《ひとさま》の家庭や夫婦関係のことをとやかく言うものではありませんよ」

初老の紳士はそう言って、運転席に乗り込んだ。

「へえへえ」

助手席の男は面倒くさそうに応じる。

「それでは、出発します。明日の明け方には着くでしょう」

ありすは「はい」と頷いた。

やはり、東北から京都まで車で向かうとなれば、何時間もかかるのだろう。

「いざ、京洛の森に出発だな」

「――キョウラクの森って?」

ありすが小首を傾《かし》げるも、その質問に対する答えは返らず、車は夜の闇《やみ》のトンネルを進んでいった。

第一章　森の中へ

一

少しの間、ガタガタと揺れていた車は、ある程度走ったところで、急にスムーズな走行に変わった。

高速道路に入ったのだろうか?

ありすは窓の外を眺めながら、ぼんやりと思う。

眺めるといっても真っ暗であり、見えるのはガラスに映った自分の顔だけだ。

おさげ髪の少女――自分の姿が、まるで鏡のように窓ガラスにくっきりと映っていて、ありすは思わず目をそらした。

我ながら、みすぼらしい田舎の少女だ。

置屋は本当にこんな自分を受け入れてくれるのだろうか?

ありすは胸に広がる不安に、背もたれに身を預けてそっと目を瞑《つむ》る。

車は苦手だが、この車は心地よいと感じた。高級車は何かが違うのかもしれない。

「おい、結局、走ってるじゃんかよ！」

とハチスは声を上げる。

「すみません、これがわたしの普通のスピードでして」

「嘘《うそ》だろ、絶対」

「いいえ、うさぎは『速い』がスタンダードなのです」

そう言い合う様子を横目で見ながら、「……本当に喋りだけはハイスペックでハイグレードだけど、全然役に立ってない」と、ありすは頬を引きつらせながら、せっせと廊下を拭いた。

そうしていると、十時頃に師匠である紅葉がのっそりと起きてくる。

「昨日はつい飲みすぎてしもた。橘、お味噌汁」

紅葉はテーブルに突っ伏して、だるそうな声を上げる。

橘はすぐに「はいはい」とお盆を運んだ。

「昨夜はお休みでしたものね。そうなると、師匠はすぐに居酒屋に行って飲んだくれるから、今朝はこうなるって分かってましたよ。はい、シジミのお味噌汁です」

お盆の上には、ご飯に漬物、焼き魚に味噌汁が載っている。

ちなみにありすと橘は、先に同じものを食べていた。

「シジミの味噌汁やぁ。おおきに、橘」

紅葉は嬉しそうに、手を合わせる。

「どういたしましてです。ところで師匠、十一時から『にょこば』ですよ」

「そうや、今日は、うちの当番やった」

紅葉は面倒くさそうな声を上げて、額に手を当てた。

『にょこば』とは、祇園甲部歌舞練場のすぐ北側にある、八坂女紅場《にょこうば》学園歌舞練場の通称だ。『学園』といっても学問を学ぶ場でなく、舞妓が芸を磨くために通う学び舎《や》だ。

ちなみに今やありすも毎日そこに通っていて、紅葉はそこで週に一度、踊りを教えている。

「もう、そんな風に言わないでください。祇園の舞妓たちは師匠に教えてもらえる日を楽しみにしてるんですよ。隣の部屋にお着物も出してありますから」

橘は、ふふふと笑い、白い尾を揺らす。

ありすは、その様子を眺めながら感嘆の息をついた。

紅葉の一番弟子である橘はいつも彼女の動向を見て予測し、行き届いたサポートをしている。

弟子とは、こうでなくてはならないのだろう。

「ほら、ありす。そろそろ、その作務衣《さむえ》から着物に着替えなさい。あんたは着付けに時間がかかるんだから」

くるりとこちらを向いて言う橘に、ありすは「は、はい」と立ち上がる。

ここに来てから着物を貸してもらい着付けの練習をしているのだが、どうにも上手《うま》くいかないし、時間がかかって仕方がない。

がんばって着ても、いつも最後には直されていた。

「ほら、裾《すそ》引きずってる」

――やはり、今日も直されてしまった。

二

八坂女紅場学園歌舞練場は、歩いて数分のところにあり、ありすは紅葉と橘の一歩後ろをついていく。

一見のんびり優雅に歩いているように見えるが、二人の歩くスピードは決して遅くはない。

ありすがきょろきょろと周囲を見回していると、気が付けば二人は先を歩いている。

ここに来てから、『にょこば』までの道を毎日歩いているが、未だに珍しいものや、目新しいものばかりだ。

先日は朱色の袴を身に着けた巫女が、熊のように大きな犬を連れて歩いていることに驚いた。

毛並みは灰色であり首には猫のように鈴付きの首輪をつけているが、リードはつけていなかった。

ぎょっとするありすに、『あれは祇園さんの狛犬《こまいぬ》や』と紅葉が簡単に教えてくれた。

『祇園さん』とは八坂神社のことだそうだ。

『神社に、あんなに大きな犬がいるなんて……、それにあんな大きな犬にリードをつけていないなんて』

驚きつつ訝るありすに、ハチスが呆れたように肩を上下させる。

『そう言うけどよ、あんなデカい犬を縄で繋いでも、何の制御もできないだろ』

『そうですね、引き摺《ず》られるのが関の山ですね』とナツメ。

ありすは『たしかにそうだね』と、巨大な狛犬を見送ったものだ。

その時のことを思い出し、うんうん、と頷いていると、前方から台車を押してくる男の姿が見えた。

台車の上には、大きな木箱が載っている。

紅葉と橘は、すれ違いざまに、その男性に会釈をした。

ありすも二人と同じように彼に会釈をし、台車が通り過ぎた後、紙が落ちていることに気付いた。

名刺のような厚紙で、五芒星《ごぼうせい》と『日』という文字が記されていた。

漢字の『日』にしては、片側が丸みを帯びている。

「あの、落としましたよ」

ありすがその紙を手渡すと、彼は「ああ、すみません」と頭を下げて受け取る。

その際に、彼が運んでいる箱の中身が目に入った。

絵馬や折られたおみくじが、どっさりと入っている。

その絵馬には、『この憎しみをここに込めて、断ち切ります』『渦巻く嫉妬《しっと》を断ち切ります』『憎くて仕方ありません』といったことが書かれていた。

絵馬から負の感情が伝わり、ぞくりとありすの背筋が冷える。

そもそも、絵馬に書くような内容なのだろうか？

「あの……師匠、今の人は？」

「ああ、『お焚《た》き上げ屋』さんや」

「お焚き上げ屋？」

「そうや。さっきは安井《やすい》のこんぴらさんの絵馬を引き取りに来たんやろ」

簡単に答える紅葉に、橘が補足をした。

「すぐ近くに、『安井金比羅宮《こんぴらぐう》』という神社があってね、そこは『自分の負の感情を断ち切って、良縁を結ぶ神社』として知られてるのよ。絵馬に自分の負の感情を書き込んで吐き出すことで卒業するのさ。今の人はその絵馬を回収して、お祓《はら》いをし、お焚き上げしてくれるってわけ」

「そういうのって、神社自体がやるのかと思ってました。専門の方がいるんですね」

「もちろん、神社によっては、自分でお焚き上げするところもあるけど、中には小さな神社もあるからね。祇園のはずれ、鴨川沿いにお焚き上げ場があるんだ」

へぇ、とありすは感心する。

そんな話をしながら歩いていると、入母屋造《いりもややづくり》・瓦葺《かわらぶき》の大屋根を架けた木造二階建ての建物が見えてきた。

『にょこば』こと、八坂女紅場学園歌舞練場だ。

ありすは建物を前に、ごくりと生唾《なまつば》を呑んだ。

毎日通っているが、ここに来ると、いつも緊張を覚える。

北西にある玄関は軒唐破風《のきからはふ》付であり、東南面には、手入れの行き届いた和風庭園が広がっている。一階は来賓用の待合、二階は百畳を超す広壮な舞台座敷がある、とても歴史ある歌舞練場だ。

玄関を入ると、三味線や琴の音が耳に届く。

「皆さん、がんばってはるわぁ」

橘は、あえてなのだろう、京ことばでそう言って、にこにこと目を細める。

「そら、もうすぐ、『都をどり』やし、気張らんと」

紅葉は、当然、という様子で頷く。

二人が言うように、掲示板には『都をどり』のポスターがずらりと貼られていた。

まだ、ここのことをよく分かっていないありすだったが、『都をどり』という芸舞妓の大きなイベントが、春と秋に開かれるのは事前に調べて知っていた。

「祇園甲部歌舞練場で踊るんですよね？」

ポスターを眺めつつ零したありすに、「へっ」と紅葉と橘が驚いたように振り返る。

「えっ、違うんですか？」

ありすが知っている限りでは、『都をどり』の会場は、祇園甲部歌舞練場だったはずだ。

「いいや、違うよ。祇園さんの境内に大きな舞殿《まいどの》を作って、踊るんだよ」

「八坂神社で？」と、ありすは少し前のめりになる。

「そうや。そこだけやのうて、四条通も舞台に使うしね。選ばれた芸舞妓が踊るんや」

「そうそう、ちなみに『舞殿』で踊れるのはさらに選ばれた芸妓だけ。もちろん我が紅葉師匠もその一人さ」と橘は、胸を張って言う。

「橘姉さんは？」

「あ、あたしは選ばれてないし、その日は違う重要なお役目も仰《おお》せつかってさ。裏方だって、大変なんだよ」

橋はごにょごにょと誤魔化すように目をそらす。

その時、通路の先から舞妓たちが三味線を手に、歩いてくる姿が目に入った。

「あかん、うち、ちっとも上達しぃひん。もうすぐ『都をどり』やのにどないしよ」

「うちは、はなからメンバーに選ばれへんかったさかい、開き直って祭りを楽しませてもらうし。前祭《さきまつり》の殿下の巡行が、楽しみやわ」

「ほんまやね」

若い女の子らしくキャッキャッと愉しげに歩く。

そんな彼女たちは、紅葉の姿を見るなり、びくんと肩を震わせて、

「せ、先生、お疲れさんどす」

「お疲れ様どす」

すぐに通路の端に立ち、深く頭を下げた。

「はい、お疲れ様どす〜」

紅葉はあしらうように片手を上げて、彼女たちの前を通り過ぎる。

「まったく、ここらの子たち、私を見るたびに怯《おび》えるの、どない思う？」

彼女たちの姿が見えなくなるなり、面白くなさそうに振り返る紅葉に、橋とありすは思わず笑った。

「師匠が怖いからですよ」

「思ったこと言《ゆ》うてるだけや。怖いことなんかあらへん」

「それが怖いんですよ。ありすなんて、いつも固まってるし」

ねぇ、と橘に話を振られて、ありすは身を小さくする。

そう、ありすは、紅葉に怒鳴られてばかりだった。

三

「——あかん、ありす！　何遍言わすんや。『頭』で踊ったらあかんて」

パンッ、と扇子が閉じる音と共に、紅葉の怒声が響く。

稽古場にて橘の三味線に合わせて、踊りの稽古をするのだが、紅葉が痺《しび》れを切らしたように声を上げたことで、皆は練習を中断した。

稽古をしていたのは、舞妓や仕込みが合わせて、八人。

その中にありすの姿もあり、皆は同情の目を向ける。

「ええと、『頭』で踊る？」

「そやから、踊りは『考える』ものやない。あんたは頭で考えてから踊ってるんや。『次に、右手を上げて、扇子を開く。その次に、くるりと回る』そうやって考えてるやろ！」

「は、はい」

そもそも、そうやって頭で確認しなければ踊れない、と心の中で付け足す。

「そないな険しい顔でぎこちなく焦ったみたいにおどてるやないの。そんな踊りを踊って、あんたは楽しい？　そんなあんたの踊りで、誰かを楽しませることができるて思う？」

紅葉の言葉に、ありすは、ぐっ、と息を呑んだ。

「ありすは部屋の端に座って、みんなの踊りを見学しとき。ほんで『頭』だけやのうて体全部で振りを覚えよし」

「……はい」

ありすは頷いて、部屋の端に正座をした。

「みんなもありすほどやのうても頭で踊ってるんよ。そんな中、牡丹《ぼたん》はええ感じやね」

紅葉が視線を送ったのは、『狸娘』と呼んでいた、まさに狸のような尾をつけた可愛らしい舞妓。

「お、おおきにありがとうございます」

牡丹は嬉しそうに頬を赤らめて、その太い尾を揺らす。

「ほんなら、牡丹だけ踊ってみ。橘、頼むわ」

「はい」と橘が三味線を弾く。

背を向けていた牡丹が、ゆっくりと振り返る。

両腕は自分を抱き締めるようにし、ゆっくりと手を開き、首を傾ける。

くるりと回って、まるで花が咲くように扇子を開く。

その舞がとても愛らしくて、見ているだけで心が和《なご》む気がした。

何より牡丹自身、踊りが好きで、楽しんでいることが伝わってくる。

彼女の舞が終わり、紅葉は「うん」と頷いた。

「みんなもな、牡丹みたいに楽しんで踊ってや。他の先生はどういうかしらんけど、私の場合、稽古場で振りを間違《まちご》うたってええて思うてる。それよりも楽しんでほしい」

そう言った紅葉に、皆は「はい」と声を揃え、ありすはどこか居たたまれない気持ちで、目を伏せた。

四

「――はぁ」

休憩に入るなり、ありすは巾着《きんちゃく》の中から文庫本を取り出して開く。

これは家から持ってきた数少ない本の中の一冊だ。

自分のような未熟者は、本来なら休憩時間も惜しんで練習に励まなければならないのは分かっていたが、一度落ち込んだ気持ちを浮上させるには少しでも活字に触れて、現実逃避しなければ無理だと感じた。

本を開くと、別世界が広がっている。

楽しいこと、怖いこと、悲しいこと、本を通して様々な経験ができるというのに、どんな場面を読んでも心身に傷がつくことはない。

読書は、最高の娯楽だとありすは心から思っていた。

「あんたって、本当に本が好きなのねぇ」

橘に顔を覗《のぞ》かれて、本に没頭していたありすは弾かれたように、頭を上げる。

同時に勢いよく本を閉じた。

「あら、別に閉じなくても。休憩時間なんだから好きなだけ読みなさいよ。それともなに？　見せられないような官能小説なのかい？」

「ち、違います。ただ、ばつが悪くて……」

「どうして？」

「ちゃんと踊れないし、いつか試験をされる身だってのに、休憩時間に本を読んでるなんて……」

口にすることで、さらに罪悪感が募り、ありすは俯いた。

「あら、そこで無理して、まるでアピールみたいに練習されても師匠はイラつくだけだと思うけど」

「…………」

ありすは返す言葉に詰まり、なんとなく本の表紙に目を落としていると、

「ねっ、それはどんな話なの？」

と橘が身を乗り出した。

「え、ええと、童話集で」

ありすは、この齢になっても童話が好きで、時折読み返す。

「童話？　『きつねの嫁入り』とか？」

「いえ、日本の童話じゃなくて、今読んでるのは、チャイコフスキーの『白鳥の湖』の物語を……」

「ちゃいこふ？　よく分からないけど、どんな話なんだい？」

「王子が、花嫁選びの舞踏会の前日、湖で金色の冠を被った綺麗な白鳥を見つけるんです。その白鳥の後を付けると、白鳥はとても美しい女性に変身したんです」

「へぇ、それで？」

橘は目を輝かせて先をうながす。

「実は、その白鳥は、元はとある国の王女で、邪悪な魔法使いの男に結婚を迫られて、

それを断ったことによって、国と肉親を滅ぼされ、昼は白鳥に変えられる呪《のろ》いをかけられていたんです」

「なんてひどい自分勝手な男なの！」

「そうなんです。それで、その呪いを解くには、心から姫を愛する人が現われることが必要で、そんな彼女に惹《ひ》かれた王子は、『明日の舞踏会に来て欲しい』と頼み、そこで愛の告白をするんです」

そう言うと、橘は「きゃあ！」と口に手を当てた。

「姫も『はい行きます』と答えるんですが、そのことを聞きつけた邪悪な魔法使いの男は、姫を館に幽閉し、代わりに自分の娘を花嫁選びに差し向けるんですよ。なんと姫に化けさせて」

「そ、それで、どうなるのさ、王子は騙《だま》されちゃうの？」

詰め寄る橘に、ありすはくすくす笑って、本を差し出す。

「もし良かったら橘姉さん、読んでください。自分で読んだ方がずっと楽しめますよ」

「えっ、いいのかい？」

「ええ、私は何度も読んでるので」

「ありがとう、読んでみる」

橘が本を受け取ったことが、ありすにはとても嬉しく感じられた。

同時に、幼い頃のことが思い出される。

自分はかつて蓮という少年に、本の内容を説明したり、読んで聞かせたりしたものだ。

彼は初めて耳にする物語を、今の橘のように目を輝かせて熱心に聞いていた。

彼に読んだ童話は、数知れず。

そんな中、彼が特に気に入った童話があった。

とても楽しそうに笑っていたのだ。

あれは、なんて童話だったのだろう？

「へぇ、いろんな話が入っているんだね。『白雪姫』に『眠り姫』。『シンデレラ』……」

本をめくり興味深そうにしている橘に、ありすは、はい、と頷く。

「それは、いろんな話が入っているんです」

「それはたくさん楽しめるね。挿絵《さしえ》も入ってる。王子様は男前だねぇ。やっぱり王子は美しくなければ駄目だよね。うちの王太子殿下のようにさ」

橘は、見目麗《みめうるわ》しい挿絵の王子の姿に、熱い息をついた。

先ほど通路で舞妓たちも『殿下』の話をしていたことを思い出し、そういえば、と顔を上げる。

「橘姉さん、『王太子殿下』って？」

「『王太子殿下』は『王太子殿下』さ。『内裏』の王子様だよ」

今ここでは御所――正式には『京都御苑』なのだが――を内裏と呼んでいるようだ。京都御苑は、ありす自身、小学校一年の時の秋、学校行事の一環で一般公開を観に行ったこともあった。

「……あそこ、人が住んでいたんですね？」

小声で尋ねると、橘に噴き出された。

「住んでるよ。決まってるだろう？　あんな広いところ住まなきゃもったいないでしょう」

その言葉に、「たしかに」と、ありすは思わず頷く。

自分が知らないだけで、近年皇族がまた住むようになったのだろうか？

「内裏には王太子殿下に弟殿下、内親王、帝《みかど》も后妃《こうひ》も、御側仕《おそばづか》えの皆さんも、たくさん住んでいるみたいだよ」

「ミカド……」

『天皇』とは呼ばないんだ、と思いながらありすは相槌をうつ。

ようは『王太子』は、『皇太子』のことだろう。

「その王太子様が巡行？　されるんですか？」

「そう。王族が町を巡行するのは、年に五回。新年に帝とお后様の巡行。春と秋の『都をどり』と夏の『祇園祭』には、王太子殿下と弟殿下が巡行される。五月の『賀茂祭』

は、斎王となる内親王が巡行されるんだよ」

賀茂祭とは、葵祭《あおいまつり》のことだろう。

御所から斎王代が輿《こし》に乗って巡行する、京都の三大祭りの一つだ。

いちいち、彼女は言葉が古めかしい。

「『都をどり』って、芸舞妓のイベントのひとつかと思ってました」

「いやいや、『都をどり』は祇園全体の祭りだよ。『祇園祭』が男が主体の祭りなら、『都をどり』は女が主役。美しい舞を舞ってうんと華やかにして、人や神様を楽しませるんだ。その町の祭りの前に、王太子殿下と弟殿下は内裏から輿に乗って八坂神社に参拝しに来られるんだよ。神様をお迎えするわけなんだ」

嬉々として話す橘に、ありすは「へぇ」と相槌をうつ。

「まぁ、その王太子殿下の若くて美しい姿が素晴らしくてね。弟殿下は可愛らしいし、みんなうっとりなんだよ」

この国に、齢の若い皇太子なんていただろうか？

そんな疑問から、ありすは微かに首を傾げる。

「とにかく、『都をどり』は本当に愉しいから楽しみにしてなよ。祇園中が花が咲いたようになるから」

明るく言う橘に、ありすは「はい」と頷いた。

しかし内裏や若い王太子の件は、どうにも納得がいかず、おずおずと顔を上げる。

「あの、橘姉さん。内裏にいつから皇室の人たちが住むようになったんですか？」

少なくとも、自分が小学校一年生の頃は誰も住んでいなかったのだけはたしかだ。

真剣に尋ねたありすに、橘は目を瞬かせた。

「いつからって……大昔からだよ」

なに言ってるんだい、という様子を見せる彼女に、ありすは言葉を失った。

「ありす、あんたぼんやりした顔して慣れない練習で疲れてるんじゃないのかい？　顔でも洗って、しゃきっとしておいでよ」

「……はい」

ありすは言われた通り、汗拭き用のタオルを手に立ち上がる。

一体どういうことなんだろう。

これが以前、紅葉が言っていた『あんたの知ってる京都と違う』ところなのだろうか？

思えば心身が忙《せわ》しなくて、あの言葉の意図《いと》も確認できないままだった。

ありすは洗面所に入り、鏡に映る自分の姿を見詰めて、首を振る。

きゅっ、と蛇口を捻《ひね》って、バシャバシャと顔を洗う。

ころりと排水口に栓が落ちて、気が付くと水が溜まっていた。

ありすは蛇口を締めて顔を拭いながら、ぽんっ、と栓を抜くと、水が渦を作って流れていった。

「…………」

その様子をぼんやりと眺めながら、違和感を覚えて目を凝らす。

「？」

もう一度、栓をして水を溜める。

溜まったところで、栓を抜くと、水が流れていく。

その水は、右回りに渦を作っていた。

「嘘……」

以前、学校の授業で習い、実際に確かめたことがある。

水は北半球と南半球で、流れる際に作る渦が逆になっていると。日本を含む北半球は左回りに渦を作り、オーストラリアなど南半球では水は右回りに流れていくのだ。

もう一度試してみても、やはり水は右回りに流れていった。

ばくばくと心臓が音を立てる。

『あんたの知ってる京都と違う』

その言葉の真理が、目に見える形でつきつけられたようだ。

「嘘……ここは日本じゃないの？」

そんな言葉が口をついて出るも、まさかそんなはずはない、と再び水を溜める。

もう一度抜くと、今度は左回りに流れていった。

ありすは、ほっ、として胸に手を当てた。

自分の見間違いだったに違いない。

もう一度、水を溜めて栓を抜く。

今度は、右回りに流れていった。

「…………」

ありすが、呆然と排水口を眺めていると、

「さっきから何してるんだい？」

橘がやってきて、覗きこんだ。

「あの、水を流したら、右回りになったり、左回りになったりするんです」

「……そりゃあ、水は『気』に左右されるから、右回りになったり左回りになったりするのは、当然だよ」

橘は当たり前のように言う。

「そろそろ、休憩終わりだよ」と歩き出した橘に、ありすは「はい」と頷きながらも、その後に続くことができず、壁にもたれて、深呼吸をした。

はっきりと分かったのだ。

ここは、違う世界だと。

ずっと、どこかおかしいと思っていた。

あの五条大橋も、鴨川より西にある八坂神社も、この町も人も、どこかおかしい、何かが違うと。

違う世界に紛《まぎ》れ込んでしまうという話の本を、これまでどれだけ読んできただろう。

まさか、自分の身に降りかかるなんて……。

もしかしたら、夢を見ているのかもしれない、と鏡を見る。

鏡に映る自分の顔は、困惑の色を見せていた。

「京都じゃなくて……京洛の森」

ここが別の世界の京都――『京洛の森』だとしても、今ようやく見付けかけた自分の居場所だ。

奇妙だけど、好きになった町であり、ここにいたい。

だが、ひとつだけ――とても悲しいことがある。

ぽっかりと胸に穴が開いたようだ。

ここが、別の世界の京都だとするならば……。

「蓮に、二度と会えないということだよね」

一縷の望みすらなくなってしまったのだ。

ぽたり、と涙が落ちる。

だが、それも手の甲でぐっ、と拭い、「さ、さぁ、練習時間だ」と、稽古場に向かって歩き出した。

五

祇園の町は、『都をどり』に向けて、さらに活気を増していた。

『都をどり』と書かれた提灯が通りにずらりと下がり、四条通に舞台が作られる。

四条通の突き当り、鴨川の手前にある八坂神社の境内にも、舞殿が設営されているそうだ。

それは鴨川に大きく迫《せ》り出した『床《ゆか》』であり、芸妓たちが舞で、『神々を楽しませ、もてなす』と言われているらしい。

当たり前だが、これらすべては初めて聞く話であり、ありすは興味深く相槌をうつ。

そしてありすも皆と同様に『都をどり』をとても楽しみにしていた。

一層、『紅葉屋』から離れたくない、と思うようになっていた。

だが、置屋の家事や炊事の手伝いを褒められても、肝心の踊りや三味線に関しては、怒られてばかり。

常に、『頭で踊るな。心で踊れ』と注意される。

それが、よく分からない。自分はちゃんと踊っているつもりだ。

振りも覚えたし、皆とペースも合わせられるようになっている。

正直、下手な方ではないと思っている。

だというのに、自分ばかりがいつも怒られる。

紅葉が自分に意地悪しているわけでも特別期待をかけて厳しくしているわけでもないことは、伝わってきていた。

だが、ありすには何が悪いのか分からない。

それでも、ここに残りたい一心で、懸命に練習を続けた。

慣れぬ生活と、『上達しなければ、追い出されてしまうかもしれない』という恐怖とプレッシャーがストレスとなり、最近は妙な夢を見るようになっていた。

夢の中で、ありすがいつものように起きて洗面所に向かうと、鏡に映る自分の顔が年老いているのだ。

それは、途中から気付いたのだが、毎日少しずつ老いている。

白髪が増え、皺《しわ》が増えて、気が付くと自分は老婆のようになっているのだ。

そうして、もうここにはいられないと、そろそろと置屋を出て、南へと向かって歩いていく。

夢はいつもそこで終わっていた。

目が覚めると、置屋に用意してもらっている自分の部屋——和室の天井が目に入る。

それにいつも心からホッとして、すぐに鏡で確認する。

以前と年齢は変わらない自分の顔があったが、とてもやつれていた。

「疲れた顔してるけど、大丈夫かよ」

鏡を覗き込んでいると、背後からハチスが顔を出す。

蛙の彼にも、ありすはすっかり慣れていた。

最初は彼らを作り物だと思い、その後は疑問を感じつつ接していたけれど、今となっては大切な仲間だ。

「大丈夫。ちょっと練習をがんばりすぎて」

「無理はいけませんよ、体中が痛いでしょう」

続いてナツメが蒸しタオルを差し出してくれた。

「ありがとう」

熱い蒸しタオルを顔に押し当てて、ありすは「ふー」と息をつく。

「ここでがんばらなきゃ。私はちゃんとした舞妓にならないと。帰る場所もないし」

タオルに顔を押し付けたままそう言うと、ナツメは「やれやれ」と肩をすくめた。

「あなたは、紅葉さんの仰っていることをちっとも理解されていないのですね」

えっ？　と、ありすがタオルから顔を離すと、「いえ」とナツメは首を振る。

「それより、今日は前祭ですね。王太子殿下の巡行、楽しみですね」

ナツメは「ね」という様子で、首を傾ける。

「あ、うん。みんな盛り上がってたね」

もしかしたら、見初《みそ》められるかも、と祇園の舞妓たちは色めき立っていた。

そのまま洗面所に行って、あらためて顔を洗い、水屋に顔を出すと、すでに橘がかっぽう着姿で作業をしていた。

ふりふりと揺れる白い尾が、彼女の張り切った心を表わしている。

「おはようございます。姉さん、早いですね」

「そりゃあ、今日は前祭だもの。今夜は師匠の晴れ舞台、赤飯を炊いているんだよ」

「わぁ、お赤飯！」

「鯛も焼くしね。さぁ、手伝っておくれよ」

「はい！」

ありすもすぐに作務衣の上からかっぽう着を身に着ける。

「しかし、あんた、随分と顔色が悪いねぇ」

「あ、なんだか、眠りが浅くて」

「もしかして、殿下巡行ってことで緊張したのかい？　あんたも他の娘たちのように

『見初められるかも』って期待してたりして?」

いたずらっぽく笑う彼女に、ありすは苦笑した。

「いえ、そんなことは……」

「そっか、王太子殿下を見たことがないんだもんね」

「それもそうですし、何より私には私の王子様がいて……」

ありすがぽつりと零すと、橘は勢いよく振り返った。

「な、なんだい、それ」

「いえ、あの、初恋の話で……」

「ちょっ、姉さんに、聞かせなさい」

「他愛もないことなんですけど」

「うんうん」

「幼い頃、好きになった男の子がいて」

「どんな子なんだい?」

「とても綺麗な子でした。髪が薄茶色で色白で」

「繊細そうな美少年って感じだね」

「はい。でも、見た目よりもやんちゃな部分もあって」

「たまらないね」

「ひと夏、一緒に過ごしたんです。糺の森で……だけど、彼は故郷に帰ってしまうことになったんです」

「故郷ってどこなんだい？」

「それは分からないんですけど、遠くに帰ってしまうって。だけど、行ってしまう前にプロポーズをしてくれたんです。大きくなったら迎えに来てくれるって」

そう話すと橘は、はぁ〜、と熱い息をついた。

「可愛い話だね。それで、その後どうなったんだい？」

「あ、いえ、その後はもう……連絡はなくて」

「……まったくなしのつぶて？」

「はい」

「なぁんだ。本当にただの幼い初恋の想い出って感じなんだね」

露骨にがっかりした様子を見せる橘に、ありすは真っ赤になる。

しかし、彼女の反応はもっともであり、『過ぎてしまった幼い初恋』なのだろう。

それでも、自分には、大切な想い出だった。

ミンミンと蟬《せみ》が鳴く声が響く。

あの夏の自分は、いつも糺の森の木々の間を駆け抜けていた。

暑い日差しも、森の中は涼しく心地よい。

やがて、大きな朱色の鳥居と小さな石橋が見えてくる。

ちょうど手水舎《ちょうずや》の手前だ。

彼はいつもそこで、大きく手を振る。

言葉を話さない彼だったが、いつも自分を見るなり花が咲くように笑う。

薄茶色のさらさらの髪、真っ白い肌、人形のように整った顔立ちの、まるで童話の中から出てきたように、美しい少年。

そんな彼は、見た目とは裏腹に、振る舞いはやんちゃだった。

最初、傷だらけだったのは、おそらく大きな木に登ろうとして落ちたのだろう。

とにかく高いところに登りたがる彼に、『それよりも、一緒に本を読もうよ』と声を掛ける。

すると少年は、頷いて駆け寄ってくる。

境内奥にある水の女神——瀬織津姫《せおりつひめ》様が祀られている社《やしろ》の前の石段に座って、持ってきた本を開く。

彼は、いつもわくわくした様子を見せていて、ありすにはそれがとても嬉しかった。

「…………」

そっとつないだ小さな手のぬくもり、最後に重ねた唇、何度も思い出しては、心の支えにしてきた。

『大きくなったら、ありすを迎えに来るから。そうしたら――結婚しよう』

きゅん、と胸が詰まる。

同時に、もう決して迎えに来てくれることはないのだと思うと、苦しくなる。

迎えに来てくれるなんて、本気で信じていたわけではない。

だけど、もしかしたら、と希望にしていたのだ。

それくらい、許されるのではないだろうか、と思っていた。

そんな自分にとって、やはり王子様は彼・蓮なのだ。

自分はこんなにも遠い世界に来てしまい、二度と会えないのだろうけど……。

六

殿下の巡行は、午前十時に内裏を出る。

祇園に到着するのは、十一時すぎということだったのだが、朝早くから四条通は人で埋まっていた。

しかしちゃんと巡行する道は空けてある。

女性たちは皆、気合を入れた様子で、なるべく前列にと並んでいた。

「あたしは炊いた赤飯を配ってくるから、あんたは師匠の朝餉の準備をお願いね。巻き寿司を作ってあるから、それを出してあげて。その片付けが終わるくらいに、ちょうど巡行が来る頃合いだろ？　観に行くといいよ」

橘はそう言って、風呂敷を手に置屋を出て行った。

ありすは言われた通り、「おはよぉ」と、のっそりと起きてきた紅葉のために朝食の準備をする。

「おはようございます、師匠」

「あれ、橘は？」

「赤飯を配りに行くって」

「ああ、そうや。今日は前祭やね」

紅葉はすぐに納得して頷く。

今日の前祭は、日中から四条通で舞妓たちが踊り、日が暮れる頃、明日の本祭に選ばれた芸妓たちが、八坂神社の鴨川に迫り出した舞殿で舞を披露する。

「ありす、行ってきたらええ」

水屋に立つありすの背中に向けて、紅葉がそう言った。

「えっ？」

「朝食、自分でやるし。あんたなんや最近、ふさぎ込んでるやろ？　せっかくやから巡行をしっかり観て、元気だし」

にこりと微笑む紅葉に、ありすは「で、でも」と目を泳がせる。

「師匠命令。しっかり観てくるんやで」

ビシッと言われて、ありすの中の迷いがなくなる。

「はい、行ってきます」

すぐにかっぽう着を脱ぎ、「ナツメ、ハチス、行こう」と声を掛ける。

「はいっ」「おう！」と、声を上げて、ナツメとハチスが付いてくる。

置屋を出ると、花見小路通は、すでに人で混雑していた。

この調子で四条通まで出られるのだろうか、と思いながら、ナツメとハチスを抱き上げて、自分の肩に載せる。

ぴょー、という笛の音と、シャンシャンシャンという鈴の音が遠くでしている。

同時に「おお」と歓声が上がり、巡行が近くまで来たのを感じさせた。

「殿下の巡行や」

「王太子様、相変わらず、お美しい」

そんな声も聞こえてきて、ありすは焦りを覚えながら首を伸ばす。

まず、馬に乗った警備の一行が先導し、それに続いて狩衣《かりぎぬ》を纏《まと》った男たちが、笛を吹き、鈴を鳴らしながら歩いている。

その後ろに、王太子を乗せた輿が見えた。

王太子は神官装束を纏い、凛とした様子で座っている。

時折、周囲を見回して、にこりと微笑む。

その度に、歓声が起こる。

ありすは、王太子を遠目に見ながら、眉間に力を入れて目を凝らす。

王太子というイメージから、黒髪のあっさりとした顔立ちの男性をイメージしていたのだが、彼はまるで違っていた。

烏帽子《えぼし》の中に入っているが、彼の髪が綺麗な薄茶色であることは分かる。

透き通るように白い肌。

少し日本人離れしているようにも見える、整った目鼻立ち。

「——えっ？」

ありすは、呆然と足を止める。

目を擦って、もう一度王太子の姿を確認する。

蓮だった。

間違いなく、そこにあの日の少年が輿に乗って運ばれていた。

幼い少年ではなくなってしまっていたが、面影がそのままだ。

蓮が、そこにいる。

そう認識すると同時に、ありすは人をかき分け、なんとか輿に近付こうともがく。

「やだ、この子、なに？」

「お嬢ちゃん、そんなに押したら駄目だよ」

迷惑がられていたが、なりふり構うことができない。

「ありす様、どうされました？」

「おい、ありす、落ち着けよ」

ナツメとハチスがありすの肩にしがみつきながら、そう言っている。

どうして蓮がここにいるのか。

どうして王太子なのか、そんな疑問が頭を掠《かす》める暇もない。

ただ、自分に気が付いてほしかった。

人垣の向こうで輿が通り過ぎていく。

「れ、蓮っ！」

力いっぱい叫んだが、その声は歓声にかき消される。

「蓮……蓮っ、私だよ、ありすだよ」

もがきながら、必死に前に進む。

「会いたかった、蓮！」

だが、ありすの姿もその声も彼に気付いてもらえることはなく、巡行は四条通を東へと進んでいった。

第三章　天職と歪み

一

シャンシャンと鳴る鈴の音。

合間に笛の音が響く中、現われたのは華やかな巡行。

人垣の向こうの輿の上に、蓮はいた。

——この国の『王太子』として。

「蓮っ！」

その叫びは歓声にかき消され、蓮は気付くこともなく四条通を東へ——八坂神社へと向かっていく。

ありすは懸命に人をかき分けて、巡行を追うも一向に前に進まない。

もどかしさを感じていると、再び大きな歓声が上がり、ありすは、なんだろう、と顔を上げる。

王太子に続き、後方にも輿があり、それに向けてのものだった。

輿の上には、まだ幼い少年の姿があった。

年齢は十歳くらいだろうか、王太子と同じように薄茶色の髪で、顔だちはとても愛らしい。

その姿は、まるであの頃の蓮、そのままだ。

おそらくあの子が弟殿下なのだろう、とありすは後を追いながら思う。

やがて巡行は、八坂神社の境内を進んでいき、無情にも朱色の楼門が閉じた。

「――っ」

ありすが、はぁはぁ、と息を切らす中、巡行を見守っていた民衆たちは、盛大な拍手を送った。

「これから、王太子殿下と弟殿下は、禊《みそぎ》をして夕暮れまで祈禱《きとう》するんやろ？」

「今年も神様方が来てくれるといいねぇ」

「嫌やわ、来てくれへん時なんてないやろ」

「いやいや、何年か前の祇園祭には来ぃひんかって」

わいわいと愉しげに、人々は散っていく。

一方で芸舞妓たちは、通りに作られた舞台の上へと向かう。

琴を用意する者、三味線を手にする者、舞を見せる者が、それぞれの配置についたところで、拍子木の音が響き、三味線や琴が奏でられる。

着物の袂《たもと》をなびかせて、舞妓たちが踊る中、桜の花びらが舞い落ちる。

それは、まるで夢でも見ているかのように、幻想的で美しい。

「……やっぱり、夢を見てるのかな」

ありすは立ち尽くした状態で、惚《ほう》けたようにつぶやく。

いつから夢を見ているのだろう。

迎えに来てくれたあの車の中で、眠りについたままなのだろうか？

それとも、東北の叔母の家で、自分は不思議な夢を見続けているのだろうか？

だとするなら不思議な京都の町に迷いこみながらも、そこに蓮がいることも、その蓮が『王太子』という役どころなのも納得だ。

自分にとって蓮は、いつか迎えに来てくれる『王子様』として夢見ている存在なのだから……。

芸舞妓たちの素晴らしい演奏と舞をぼんやりと眺めながら、ありすは自嘲的な笑みを浮かべる。

ナツメとハチスは肩につかまったまま、何も言わない。

「ほんま、素敵やねぇ」

その時、近くで聞き慣れた声がし、ありすは目線だけで確認する。

そこには、同じ『にょこば』で練習をしている舞妓の牡丹が、うっとりと両手を合わせていた。

「……牡丹さん」

「羨《うらや》ましいて、悔しい。うちもあそこで踊りたい」

牡丹はそう言って、少し口を尖らせる。

「ありすちゃんも、そうやろ？」

そう問われて、ありすは曖昧な笑みを返した。

こうして先輩たちの芸を目の当たりにしても、羨ましさも悔しさも感じないからだ。

「そやけど、秋の『都をどり』には必ず選ばれてみせるし」

牡丹は両拳を握って、うん、と頷く。

「牡丹さんなら、絶対大丈夫。牡丹さんの舞は素敵だもの」

ありすがそう言うと、牡丹はとても嬉しそうに微笑む。

本当に、とても愛らしい少女だ。

「おおきに、ありすちゃん。うちのことは『さん付け』やのうてええよ」

そう話す彼女に、ありすは、うん、と頷く。

「ほんでな、うちの夢は舞姫としていつか内裏に上がって、王太子様に見初められることやねん」

口に手を当てて、言ってしもた、と頬を赤らめた。

『都をどり』が始まるまでの間、舞妓たちから何度も聞いた言葉だ。

〝王太子に見初められたい〟

これまでは、何も感じていなかったけれど、王太子が蓮だと分かった今、焦りが生まれる。

牡丹はとても可愛らしいし、祇園にはとても美しい芸舞妓が山ほどいる。

何より、そんな風に思うのは、きっと祇園の芸舞妓だけに留まらないだろう。

これが夢だとしたら、なんて残酷な夢なのだろう。

「ありすちゃんも、秋には一緒に踊れるようにがんばろ」

そう笑顔を向けられて、ありすは返事に詰まりながらも、なんとなく頷いた。

二

「――ありす様は、どうして殿下のお名前をご存じなんですか?」

置屋への帰り道、ナツメが肩にしがみついた状態で、ぽつり、と零した。

ありすは、えっ?　とナツメを見る。

「一般的に、殿下のお名前は知られていないのです」

ありすは、そうだったんだ、と頷き、

「他人の空似かもしれなくて……」

そう言いかけて言葉を切り、「そう言うナツメこそ、どうして、殿下のお名前を知っているの？」と、同じ質問を返す。

すると、ナツメは、その小さな肩をほんの少しすくめた。

「知っているわけではないのです。ただ、あなたが殿下の巡行を追いながら、『蓮』と呼んでいらしたので、ご存じなのかと思いまして」

「……そっか」

ありすは、少しがっかりした。

見掛けた王太子の名前が『蓮』であるならば、他人の空似ではないという確信を得られたのに。

「知っている人に、とてもよく似ていたの」

あの時は、別人とは思えなかった、とありすは零す。

だが、こうして時間が経つと、気のせいだったのではないかという気持ちになる。

「そいつは、ありすにとってどんな存在なんだ？」と、ハチスが身を乗り出した。

「えっ、私にとって……」

ありすの頬がほんのり赤くなる。

「お、王子様、っていうか」

ぽつりと零すと、ハチスは「や、なんか、聞いてるこっちが恥ずかしいな」と顔を背け、ナツメは、ふふふ、と笑う。

「実際に『王子様』であらせられます」

「そうだよね」

ありすは小さく息をつく。

夢の中に迷い込んだようなのに、蓮に関してだけは、ここに来る前の方が夢を見ることができた。

ずっと、思い描いていた。

自分が京都に帰り、蓮が来てくれる場面を……。

『約束通り、迎えに来た』

そう言って手を差し伸べてくれる姿を、何度も想像した。

だが蓮は、皆が憧れる王太子だったとなると、そんな夢を見るのは、とてつもなく乱暴に思える。

はあ、と再び息をついてうな垂れると、ハチスがペチッとありすの頭を叩いた。

「痛い」

口にするほど痛くはないが、そう言ってありすはハチスを睨む。

「しょげてんなよ。紅葉屋に戻ろうぜ」

「そうですね、これから紅葉さんは舞殿で踊られるわけですから、準備が大変なはずですよ」

その言葉にありすは、はっ、と目を見開く。

「そうだった、急がなきゃ」

駆け足で、花見小路通へと向かった。

三

ありすが置屋に戻ると、紅葉は鏡台の前に座っていた。

すでに橘が戻っていて紅葉の髪を丁寧に梳《す》いている。

「ただいま戻りました。遅くなってしまってごめんなさい」

ありすが頭を下げながら顔を出すと、二人は振り返る。

「巡行はどうやった？」

「見惚れてたんでしょう、ありす」

にっ、と笑う二人に、ありすは「はい」と頷いた。

「華やかで素晴らしかったです」

「弟殿下は、まだ幼いけど、王太子様は美しかっただろ？」と橘は微笑む。

「そうや、ちょうどありすと同世代やなぁ」

紅葉は相槌をうって、立ち上がった。

「さぁ、準備や。手伝《てつど》うてや」

「はい」

ありすと橘は、声を揃えて、準備に取り掛かる。

着物の支度、化粧の手伝い、髪のセット。

紅葉は、いつもの芸妓の姿ではなく、朱色の袴に白衣、その上に千早《ちはや》を羽織り、頭には桜の前天冠《まえてんかん》をつけ、まるで巫女のような出で立ちとなった。

白塗りの顔に、赤い紅をさした紅葉の姿は、迫力を感じるほどに美しく、ありすは熱い息をつく。

「師匠、お綺麗です」

「おおきに。今宵は、『芸妓』というより、祇園の『舞姫』として神々をもてなすために舞台に立つさかい、こうした衣装なんやで」

紅葉は胸に手を当てて、にこりと微笑む。

「神々を……」

ありすがなんとなく相槌をうっていると、

「そろそろやな。ありす、ええもん見せたげるさかい、ついといで」

紅葉はそう言って、置屋の階段を上り始める。

木材で作られている階段は、いつもぎしぎしと音を立てるが、不安定さはない。

二階まで上がり、そこから屋根の上へといくはしごに手をかけた。

「ありす、ここをお上がり」

「は、はい」

多少の怖さを覚えながら、はしごを上ると、屋根の上に櫓《やぐら》のような物見台があった。

二階建ての置屋の上にちょこんとあるだけなのだが、周辺の建物がすべて低いため、祇園中が見渡せる。

ありすは町を見渡して、わぁ、と目を輝かせた。

気が付くと、夕暮れ時で、空が桃色に染まり、東の空に月が出ている。

提灯の明かりが灯され始め、とても美しく幻想的な光景だった。

「あそこをご覧」

紅葉は、すっと手を伸ばして、八坂神社を指した。

閉じられた楼門の向こうで、稲妻のようなものが光っているのが見える。

「――あれは、雷ですか？」

こんなに天気が良いのに、とありすは信じられずに目を凝らす。

「王族の祈禱で、神様が降臨してるんやで」

「神様が？」

祭りに神様を呼ぶために祈禱をすると言っていた。

あの雷が神の姿だというのだろうか？

信じられない気持ちで、食い入るように見ていると、

「ほんまにそろそろやね」

紅葉は独り言のように洩らした。

その言葉は、とても真剣で、緊張が含まれている。

「そろそろって……？」

その時、楼門が大きく開かれ、まるでダムが決壊したかのように、光の塊《かたまり》が四条通に飛び出してきた。

それは、境内に溜まっていた雷が、一気に放出されたようにも見える。

その光は、すぐに龍のかたちとなって、四条通を西へと泳ぐように進み、北へと向かった。

うわぁ、と通りから歓声が聞こえる。

ありすは驚きから何も言えずに、光の龍が向かった方向に顔を向けていると、紅葉はホッとしたように、胸に手を当てた。

「良かった。今年も来てくれはって……」

「今のが、神様……ですか？」

「そうや。天都から来てくれはったんや」

天都、という聞き慣れぬ言葉に、ありすは眉根を寄せる。

光の龍に続いて、八坂神社の楼門から、朱色の狩衣を纏った青年らしき集団が、顔を扇で隠したままぞろぞろと出てくる。それに続いて、巨大な狛犬と巫女たちの姿も。

その姿は、まるでホログラムのように半透明だ。

民衆に手を振る者、構うことなく歩き進む者と様々だ。

彼らが、神々なのだろうか。

ありすが手すりに身を乗り出して、食い入るように見ていると、

「外の世界から来たばかりのあんたには、信じられへん光景やろ」

紅葉が小さく笑ってそう言った。

その言葉に、ありすは驚いて振り返る。

「……えっ？」

「あんたは、人の世界から、ここに来たんやろ？」

ばくん、と心臓が音を立てる。

後ろめたいことなど何もないというのに、冷や汗をかく気がした。

この世界の者ではないことが知られると、何かまずいことが起こるのかもしれないと

いう怖さもあった。

「私も同《おんな》しや。かつて、あんたと同し、人の世界からここに来た。もう半世紀も前のことや」

「半世紀……？」

というと、五十年。

ありすは、へっ？　と素《す》っ頓狂《とんきよう》な声を上げて、紅葉を見上げる。

だとしたら、彼女はいくつだというのか。

こんなに、若々しく美しいというのに。

そんなありすの心の疑問を察して、紅葉は口角を上げる。

「この世界に来たんは、私が二十四の時。それから齢は重ねてるけど、外見は変わってへん」

「こ、ここは、不老の世界なんですか？」

「人によってはな」

紅葉は苦笑し、しっかりとありすを見詰めた。

「ほんで、ありす。ここで大事な話がある」

紅葉の真剣な眼差しに、「は、はい」とありすは姿勢を正した。

「残念やけど、あんたをこれ以上、ここに置いとかれへん。タイムリミットや」

紅葉は、ぴしゃりと言ったが、それでも本当に残念そうな表情をしている。

「――えっ？」

彼女の言葉を理解するのに、少しの間を必要とした。

「ど、どうしてですか？　だって試験をしてくれるんですよね？」

「今日が、その試験の日。タイムリミットやねん」

力なく微笑む紅葉に、ありすは目を泳がせる。

「試験って、舞を見てもらえるのではなかったんですか？」

「……あんたの舞は毎日見てるさかい。それよりも、まだ気付いてへんやろ、これを見てみ」

紅葉は徐《おもむろ》に、懐《ふところ》から手鏡を取り出した。

すっ、と差し出されて、ありすはよく分からないままに、それを受け取り、自分の姿を映す。

そこには、老婆が映っていた。

おさげにした髪は真っ白で顔は皺くちゃだったが、それが自分の姿だということはすぐに分かった。

夢で何度も見た姿だ。

「――えっ？」

思わず自分の髪を手に取って、視線を落とす。

それは、鏡で見た通り、真っ白な髪となっていた。

「ど、どうして……？」

頬に触れながら震えて言うありすから、紅葉は神々の巡行に視線を移す。

「神々の『気』に触れてそうなったんや。あんたはもうこれ以上ここに居たらあかん」

ありすは鏡を手に、震えたまま紅葉を見上げる。

「私が、この世界に相応《ふさわ》しい人間じゃないから、ですか？」

よそ者が侵入した罰なのだろうか。

だが、紅葉は「そうやない」と首を振った。

「人の世界には、人の世界のルールや仕組みがあるように、この世界には、この世界の仕組みがあるんや。ありすは、元の世界に帰りたいて思う？」

ありすは、すぐに首を横に振る。

戻っても、帰る場所などない。唯一の未練だった蓮は、この世界の住人だ。

また、そうしたことを差っ引いても、自分はこの世界を好きになっている。

ここにいたいと感じていた。

「そやったら、なおのことや。あんたは、このままうちにいたら元の姿には戻られへんようになる。もっと老いて、この世界を追われるんやで」

優しく言う紅葉に、ありすは身を乗り出した。

「元に、戻れるんですか？」

「戻れる」

「どうやるんですか？」

「それは言われへん。自分で方法を見付け出すんや。そやけど、老いた原因だけは、教えてあげるさかい」

「は、はい、どうして老いてしまったんですか？」

「それは、あんたが『負』を溜めこんだせいや」

「負を……？」

ありすは、混乱したまま、鏡を覗く。

これは、突然のことではなく、夢で自分が老いていく様子を見てきたのだ。

「この世界は、偽《いつわ》ったらあかん」

「師匠は私が、偽っていたと思うんですか？」

自分なりに一生懸命仕事をし、芸を磨こうと努力してきた。

何より置屋での生活は、心より楽しかったのだ。

泣き出しそうになりながら問うありすに、紅葉は沈痛な眼差しで頷いた。

「そうやね。あんたは、舞妓になりたないのに、なろうとしてるやろ」

ありすは、ぐっと言葉を詰まらせる。

「私はな、あんたが稽古を続けていく内に本当に踊りを好きになって、心から舞妓になりたいて思うてくれるんちゃうかって、それを期待してたんや。そやから下手でもええ、楽しんでもらいたいて思うてた」

紅葉の言葉が、ずきん、と胸に刺さる。

何度も彼女は、『頭で踊るな、心で踊れ』と言ってくれていたのだ。

「そないな顔せんでええよ。仕方ないことや、舞妓はあんたにとって、『天職』やないっちゅうだけや。ただそれだけのことやで。そやけど、このままここにいたら老いが進んで、ほんで、いつの間にかこの世界から追い出される。そやけど、今なら間に合う」

ふと、ここに来た時に出会った、五条大橋での老婆の姿を思い出す。

この時、ありすは、紅葉が心から自分のことを思って言ってくれていることを実感し、胸が熱くなった。

紅葉の言う通り、自分は舞妓になりたかったわけではない。

まだ、十五歳の自分が、京都で生きていくためには、舞妓しかないと思っていたのだ。

思えば、なんて失礼な話だったのだろう。

「そやから、『舞妓を目指す』のは、やめよし」

「そ、それじゃあ、ただの雑用係では……」

「あかん」と、紅葉は、ありすの言葉を遮る。

「分かってへん。あんたは、雑用が『天職』とちゃうやろ」

すぐにそう言われて、ありすは返す言葉もなく、身を縮めた。

「ありす、この世界には、硬貨も紙幣もあらへんのや」

「――えっ？」

「この世界にはお金があらへん。そやから食べることも、どこかに住むことも困らへんのや。うちを出ても、衣食住に困ることはあらへん」

やはり紅葉の言っていることが理解できない。

ここはお金のない世界だなんて、そんなことが信じられるだろうか。

だけど思えば、ここにきてからお金を使った記憶がない。

「でも、そんなのおかしいですよ、お金が要らない世界なら、みんな仕事をしなくなるんじゃないですか？」

「この世界の大人は、仕事をしぃひん者もここにはいられへんようになるんや。そやから、みんな仕事をしてる。人の世界と違うのは、みんな『自分を偽らない仕事』をしてるてことやね」

「自分を偽らない仕事……」

「そうや。人の世界は、偽ってる人が多いやろ、ほんまは大工の仕事をしたいけど、政治家の息子やから政治家にならなあかんとか、医者になりたいけど学がないからなられへんとか。この世界ではそれが許されへん。皆が皆、自分が『心底やりたい仕事』に就くんや。ありす、あんたが今できることは、とりあえず『偽りの仕事から離れること』、ほんで、『自分のやるべきことを探す』ことや」

ありすは黙って頷く。

「私かて寂しい。けどしゃあない。ほんまは一刻も早く離れた方がええんやけど、今夜は置いてあげるさかい、明日の朝にはここを出て、この世界で自分が生きていく道を探すんやで」

紅葉は、ありすの肩に優しく手を載せた。

「……ありがとうございます。ですが、今夜発《た》ちます。本当は一刻も早く離れた方がいいんですね？」

ありすがぽつりと呟くと、紅葉は「そやね」と沈痛な面持ちで頷く。

その時、「師匠ーっ！　時間ですよ、お迎えが来ました！」と、下から橘の声が聞こえてきた。

「分かった」

紅葉は大きな声を上げて、ありすを見下ろす。

「良かったら、今夜の舞台、観てや」

「も、もちろんです。師匠の舞台、楽しみにしています。私も観られるんですか?」

「ああ、もう門は開かれたし、みんな境内に集まってるんやで。私はあんたに素敵やと思うてもらえるよう、張り切って踊るさかい」

紅葉はそう言って、優しくありすの頭を撫《な》でた後、はしごを降りる。

ありすもすぐにはしごを降りると、橘がぎょっとして振り返った。

「もしかして、ありすなのかい?」

老婆になったものの、おさげと着物で気付いたのだろう、橘は目を丸くしながらありすを見る。

「……はい」

ぎこちなく頷いたありすの隣で、紅葉が大きく頷く。

「神々の気に触れて、歪《ゆが》みが表面化されたんや」

「話には聞いたことがあるけど、まさかこんな身近で起こるなんて。はじめて見たよ、ありす、可哀相に……」

橘はおろおろと目を泳がせて、ありすの頬を撫でる。

「そやから、橘。ありすは破門や。今日、ここを発つよ」

「突然すぎですよ、師匠。せめて、もう少し……」

ムキになる橘に、ありすが慌てて首を振った。

「い、いえ、橘姉さん、私が決めたんです。なるべく早くここを離れようって」

「……ありす」

橘は目に涙を浮かべて、ぎゅっ、とありすに抱きつく。

「いいかい、ここにもう来ちゃ駄目ってことはないんだからね。あんたが自分の道を見付けたら、いつでも遊びにおいで」

「橘姉さん……」

すると、外から、「すみませーん、紅葉師匠、そろそろー」と男たちの声が聞こえてくる。

置屋の前に迎えの駕籠《かご》が到着していて、紅葉が来るのを待っていた。

「かんにん、今行くし」

紅葉はそう声を上げ、ありすの頭にぽんっと手を載せた。

「橘が言《ゆ》うたとおりや。自分の道を見付けたら、遊びに来たらよろし」

「は、はい」

ほんなら、と紅葉は外に出て、駕籠に乗り込み、橘は付き添いのように駕籠の後ろについた。

ありすは、そんな彼女たちの許に駆け寄る。

「師匠、橘姉さん、今までありがとうございました。短い間でしたけど、本当に楽しくて……」

そう話しながら、ありすの目に涙が浮かぶ。

突然やって来た自分を受け入れてくれて、寝食をともにし、稽古に励んだ。

これまでずっと叔母の家で身の置き所のない生活を続けてきた自分にとって、まるで家族のように温かくて、幸せだった。

涙があふれ、それ以上話せなくなったありすに、橘はもらい泣きをし、紅葉は優しく微笑んでいる。

「ありす、がんばりや。他の誰でもない、自分の為にがんばるんやで」

紅葉の強い言葉が、胸に染み入ってくる。

はい、と頷くと、駕籠が担ぎ上げられ、そのまま花見小路通を北へと進んでいく。

賑やかな人の波は駕籠を見て、道を空けていた。

ありすは、ぐっ、と手の甲で涙を拭う。

今までに感じたことのない、たるんだ皮膚の感触に、あらためて動揺するも、がんばろう、と拳を握った。

とりあえず、荷造りをしなくては……。

置屋に戻ろうと顔を上げると、ナツメとハチスが、ありすのキャリーバッグの上にちょこんと座っていた。

「勝手ながら、荷造りをさせていただきました」

胸に手を当てて頭を下げるナツメに、

「とりあえず、紅葉さんの舞を観に行こうぜ、ありす」

にっこり笑って言うハチス。

「ありがとう、ナツメ、ハチス」

ありすは再び滲んだ涙を拭って、よっこらせ、と腰を伸ばす。

あちこちが思うように動かず、体が重い。

年寄りは大変だ、と思いながらキャリーバッグを手にした。

「それじゃあ、行こうか」

元気に言うありすに、ナツメが「はい」と頷き、ハチスが「おう」と声を上げる。

ありすはキャリーバッグを転がしながら、八坂神社へと向かった。

第四章　はじめの一歩

一

「すごかったね、師匠の踊り」

ありすは八坂神社の境内を出て、キャリーバッグを転がしながら、当てもなく歩く。

鴨川に迫り出すように作られた舞殿で堂々と舞う紅葉の姿は美しく、神々《こうごう》しさすら感じるほどだった。

観衆たちはうっとりと目を細めていたが、舞妓志望の仕込みたちは舞殿で踊る芸妓たちに見惚れながらも、『いつか自分も』と拳を握っている。

『追いつけ、追い越せや。うちらかて負けてられへん。練習や』と彼女たちは、いそいそと境内を後にする。

そんな彼女たちの様子を眺めながら、自分はやはり舞妓になるべき人間ではなかったのを痛感した。

ありすは憧れは抱いても、悔しい気持ちは微塵《みじん》も湧き起らなかったからだ。

負けてられない、と『にょこば』へと急ぐ彼女たちは共に稽古に励んだ仲間たちだが、今や老婆となったありすに気付くことなく、通り過ぎていく。

「――気付かれないって、寂しいものだね」

ありすは、思うように動かない体を引きずるようにして歩いた。

四条通には出店が出ていて、今も賑やかな様子だ。

露店は金魚すくい、わたあめ、たこ焼き、と馴染みのものが並んでいる。

こうしたものは、こちらの世界でも変わりはないようだ。

「……これから、どうしよう」

夜空を見上げて、ふう、と息をつく。

藍色の空に、星が瞬いていた。

これらの星々は、自分が見てきたものとは違うのだろうか?

とてつもなく不思議に感じると同時に、広い宇宙に一人だけ置いて行かれたような錯覚に襲われる。

「ありす、とりあえず、『宿』を探そうぜ」

「そうですね。もう少し遅くなると、どこも満室になると思いますよ」

キャリーバッグの上で声を上げるハチスとナツメに、ありすは苦笑した。

「でも、そんなお金……」

そこまで言いかけて、口を閉じる。

そういえば、この世界は『お金』のない世界なのだ。

これまで橘と飲食店に入ったことはある。

たしかにその時、お金を払っていなかった。

てっきり、ツケなのだろうと思っていたのだが……。

「お金のない世界って、そんなのありえるの？」

独り言のように零すと、ナツメが肩をすくめた。

「元々、人の世界もお金はなかったでしょう？」

「それは、縄文時代とかは、そうだったかもしれないけど、その内物々交換が始まって、通貨が作られていったわけだし……」

それは、社会に必要があってできたシステムだ。

この世界は、お金がなくて、どうやって成り立っているのだろう。

仕事をしない者は、この世界にいられなくなると紅葉が話していた。

けれど、それでは今の自分のように年老いて、仕事ができない者はどうしたら良いというのか。

ああ、だから老いた者は、追い出されるということなのか……。

だとしたら、なんて残酷な世界なのだろうか。

悶々《もんもん》としていると、ハチスがぺちっと頭に手を載せた。

「ありす、あの『宿』、空いてそうだぜ」

京町家の佇《たたず》まいであり、玄関の前に『旅館　夢乃《ゆめの》』という置き看板がある。

『まだ、空室あり〼《ます》』という貼り紙も貼ってあった。

「う、うん。入ってみようか」

本当に泊めてもらえるのだろうか、とドキドキしながら、引き戸を開けると、

「ようこそ、いらっしゃいませ」

木製カウンターの前に、着物を纏った女性が座っていた。

年齢は、四十前後だろうか。

とても女性らしい、艶っぽい色気がある女性だ。

ありすの姿に、おやおや、と彼女は目を見開く。

「と、泊まらせてもらっていいですか？」

「もちろん、良いですよ。そこに名前を記入してくださいな」と彼女は、宿帳を差し出す。

ありすが、『白川ありす』と名前を書いて、筆を置くと、

「そちらさんも」

彼女はナツメとハチスに視線を送った。

「……失礼します」

先にナツメが綺麗な字で、『棗』と書く。

ナツメは、『棗』なんだ、とありすが思っていると、ハチスが決まり悪そうに顔をしかめた。

「ありすもナツメも綺麗な字だな。この後に書きにくい。絶対見るなよ」

そう言ってハチスは素早く名を書いて、宿帳を閉じた。

「ありがとうございます。私は『夢乃』と申します」

旅館の名は、彼女自身の名前だったんだ、とありすは納得する。

「それでは、どうぞこちらに」

女性は自然な流れでありすのキャリーバッグを手に取り、ゆっくりと歩き出した。

「あっ、すみません」

彼女は、いえいえ、と笑い、『桜の間』という札が付いた部屋で足を止めた。

「こちらになります」

すっ、とふすまを開けると、六畳の和室に広縁が見える。

窓の向こうには中庭があり、桜の木が花びらを散らしていた。

ありすは「わぁ」と両手を合わせた。

「素敵なお部屋」

「ありがとうございます」

彼女は、嬉しそうにお茶の準備をする。

ありすがその様子をなんとなく眺めていると、視線を感じたらしい彼女は湯呑に目を落としたまま、くすりと笑う。

「お客様は、森の外からいらしたのでしょう?」

そう問われて、ありすはどきんとした。

素直に頷いて良いか分からず、目が泳いだ。

だが、彼女の姿も、老婆ではないが、若くはない。

もしかしたら自分と同じで、人の世界から来たのかもしれない。

それにしても、『森の外』とは、どういうことなのか……。

「もしかして、夢乃さんもですか?」

彼女も自分を偽り老いつつあるのか、それとも老いてしまったのだが若返っているのか。

「いえいえ、違うのよ。私はずっとここに住んでいるの。もう二百年になるのかしら」

「――二百」

「この外見もね、自然とこの年齢の姿なの。きっと憧れているのでしょうね」

「憧れてる?」

「ええ、半世紀くらい前だったかしら、あなたのように人の世界から迷い込んできた女性がいましてね。丁度四十路《ちょうどよそじ》になったばかりの方で、それは優しく温かく美しい女神のような女性だったのよ。その方に心底魅了されちゃったのでしょうね。もっと若い姿が良いと上っ面《うわつら》では思うんだけど、心の底ではこの姿でいたいと思っている。だから私は、約半世紀前からこの姿なの」

彼女は胸に手を当てて、ふふっ、と笑う。

この世界に住む者たちは、『心が求める年齢』の姿になるようだ。

心から望んだなら紅葉のように若いままでいることも、齢を重ねることも選べると知り、ありすはなんとなく尋ねてみる。

「夢乃さんが憧れたその方は、今もこの世界にいらっしゃるんですか？」

『迷い込んできた』と言っていたくらいだ。

もしかしたら、元の世界に戻ったのかもしれない。

「いいえ。やっぱりその方は特別だったのよ。『天都』に招かれましたわ。よっぽど、徳をお積みになっていたのね。この森は通過点でしかなかったのよ。まぁ、元々ここはそういうところなのだけど」

『天都に招かれる』とは、どういうことだろう。

「こういう『宿屋』には、他の世界から来た方が迷い込まれることが多くて」

それが好きでやめられないのかもしれませんわねぇ、と彼女は上品に笑う。

「とはいえ日食の時は恐ろしい輩《やから》も紛れ込みますし、笑ってばかりはいられませんね」

そう続けた彼女に、ありすは眉根を寄せる。

分からないことが多すぎて、混乱してしまう。

ここに来てから目と耳にした情報が、頭の中を駆け巡る。

——自分を偽ることは罪であり、老いていき、やがてこの世界を追い出される。

この世界には、『お金』が存在しない。

だが、仕事をしない者も、この世界にはいられなくなる。

『京洛』『天都』『森の外』。

——六都の森。

言葉を頭の中に並べて考えても分からず、頭《かぶり》を振って彼女の前に膝を揃えて座った。

「あの、夢乃さん」

「はい」

「私、この世界のことをよく知りたいんです。教えていただけないでしょうか」

まずは、知りたい。

この世界のことを知り、自分がどう生きていくか向き合いたい。

畳に手をついて身を乗り出すありすに、彼女は目をまん丸にしたかと思うと、ぷっ、と噴き出して笑った。

愉しげに笑う彼女を前に、ありすの頰が熱くなる。

自分は何かおかしなことを言ったのだろうか。

「いえね、ごめんなさい。この宿屋には、あなたのように風前の灯火《ともしび》の方がよくいらっしゃるのよ」

「風前の灯火……」

「ええ、老いて居場所がなくなって、どうして良いか分からなくなって、ふらふらとここに来るの。翌朝にはいなくなっていることも多いわ。元の世界に戻されてしまったか、もしくは違う世界に飛ばされてしまったか……」

彼女は、そう言って遠い目を見せる。

ぞくり、とありすの背筋が冷えた。

「そんな方々は、『どうにかならないか』とか『自分が若返る方法を知らないか』といったことを訊いてくるのだけど、『この世界のことをよく知りたい』と教えを請われることなんてほとんどないから、久しぶりで懐かしくて」

彼女は愉しげに笑う。

久しぶりということは、そのような質問をした者が昔いたのだろう。

「お、教えていただけますか？」

「……それは、私にはできないわ」

「えっ？」

「この世界で生まれ育った私には人の世界から来たあなたのような方が分かるように説明することができないの。感覚がまるで違うもの」

落胆し、肩を落としかけた時、「でもね」と彼女は続けた。

「でもね、この世界を調べているとても詳しい人なら知っているわ。ちょっと待っててね」

そう言って、彼女は懐からメモ紙とペンを取り出し、さらさらと書き込んだ。

簡単な地図と、店の名前なのか『地図屋』と書いてある。

「地図屋？」

「そう、『地図屋』。この世界の地図を作っているの。ここの店主ならきっと、あなたにも分かりやすく教えてくれると思うわ」

そう言って、彼女はメモ紙を差し出す。

「――ありがとうございます」

地図をよく見てみる。

この京都は、自分の知っている京都とは違っているが、共通しているところはある。

『地図屋』は、大原にあるようだ。

この祇園から歩くとなると、なかなかの距離だが、一日も歩けば着くだろう。

しかし、それはありすが十五歳の体であったらの話であり、この老体では厳しいかもしれない。

なにせ、大原は随分と北だ。

地図を食い入るように眺めながら、険しい表情を浮かべていると、

「それじゃあ、今夜はごゆっくり」

そっと立ち上がる彼女に、「あの」とありすは声をかけた。

ふすまに手をかけていた彼女は、足を止めて振り返る。

「この世界には、『お金』がないと聞いたんですが、それは本当ですか？」

紅葉の言葉を疑うわけではないが、どこか半信半疑だったありすは、思い切って尋ねた。

彼女はとてもあっさりと「ええ」と頷き、口角を上げる。

「あなた方の世界では物や労働をお金と交換しているのよね。私たちはお金ではないものを貰《もら》うんです」

えっ？　と、ありすは声を上ずらせる。

「物々交換、ですか？」

やはり、と、ありすは息を呑んだ。

お金がない世界だなんて、おかしいと思っていたのだ。

やはり何かを渡さなければいけないらしい。

自分に渡せるものはあるのだろうか？

思わず、大人しく座っているナツメとハチスに目をやる。

二人――正確には一羽と一匹だが、今や彼らのことをありすは『二人』と言っている
――は、びくんと体を震わせて、顔を背けた。

短い間だけど、ずっと一緒にいるこの二人を手放すことはできない。

どうしよう、と目を泳がせていると、彼女はまた笑った。

「そんな心配はなさらないで。ありすさんからは、もういただいております」

「――何をですか」

「それは、教えられないわ。安易に答えを教えることは、あなたの成長を妨げることになる。あなたは、ご自分が私に何を返したのか、よく考えてみてください。それが分かれば、この世界のことが、少しずつ分かってくると思いますよ」

彼女は、にこりと微笑み、

「それでは、ごゆっくり」

そう言って、あまり音を立てずにふすまを閉めて、部屋を後にした。

ありすは一人になるなり、ばたん、と畳に大の字になって横たわる。

はあああ、と大きく息をついた。

窓の外からは、祭りの喧騒が耳に届く。

遠くから響いているようで、うるさくは感じない。

八坂神社の舞殿で舞っていた紅葉の姿が頭を過《よぎ》る。

素敵だった、と感じると同時に、寂しさが再び襲ってくる。

先ほどまで身を寄せていた祇園が果てしなく遠く感じる。

自分はこのまま、老いが進んで消えてなくなってしまうのだろうか？

恐怖が襲い、ありすは頭を振った。

「だ、駄目だ、浮上しよう」

自分の気分を変えるには、これしかない、と体を起こして、ショルダーバッグから本を取り出し、広縁の椅子に腰を掛ける。

丁度、橘に貸していた童話集が、手元に返ってきたばかりだった。

ぱらりと本を開くと、ハチスが肩によじ登る。

「なぁ、ありす、読んでくれよ」

するとナツメも「それは良いですね」と頷いて、向かい側の椅子に腰を下ろした。

「ぜひ、読んでいただきたいです」

二人が自分を元気づけようとしてくれているのを感じ、ありすの胸が熱くなる。

「ありがとう。分かった、それじゃあ、ええと、『シンデレラ』を……」

ありすは『シンデレラ』のページを開いて、二人に読んで聞かせる。

二人はとても熱心に聞き入った。

大きく頷いたり、顔をしかめたりしながら。

「――そうして、ガラスの靴がピッタリ合ったシンデレラは、お城に招かれて、王子と結婚し、幸せに暮らしましたとさ」

一話を読み終え、ありすはぱたんと本を閉じる。

ハチスは満足そうに頷いていたが、ナツメは大きく首を傾げた。

「いやはや、不思議ですね」

「えっ、なにが？」

「ガラスの靴です。町中の娘に履《は》かせたわけですよね？　その靴にぴったり合うのが、シンデレラだけだなんて、不思議ではありませんか？」

長い耳をふるふると振って首を捻るナツメに、ありすは「うっ」と呻《うめ》く。

「それを言われると……」

すると、ハチスが「何言ってんだよ」と呆れたようにナツメに一瞥《いちべつ》をくれた。

「そりゃ、魔法の靴だから、他の娘には合わないようになってんだよ」

「なるほど、そういうことですか」

すぐに納得するナツメに、ありすも「そうそう、魔法の靴だから」とホッとしながら頷いた。

「ですが、靴を片方だけ落とすなんてありえるものでしょうか？」

ナツメがまた首を傾げると、今度は自信たっぷりにありすは顔を上げる。

「それはありえると思うよ。私も急いで階段を下りている時に、上靴が片方脱げたことがあるもの。しっかり者のナツメには分からないかもだけど」

ありすがそう言いかけると、ハチスは「いやいや」と首を振る。

「ばっかだな、ナツメ。それはシンデレラの作戦だよ。『これがアタシの置き土産《みやげ》よ。捕まえてごらん』って言ってるんだよ」

「ああ、そうでしたか、なかなかの策略家ですね」

「だな」

「ですが、それならアクセサリーやティアラなどでも良い気がするのですが」

「それはきっと……王子、靴が好きだったんだよ」

「なるほど、フェティシズムというものですね。それをシンデレラは、わずかな時間に見抜いた……」

うんうん、と頷き合う二匹に、

「ちょっ、童話を穢《けが》すのはやめて！」

ありすは真っ赤になって、声を上げた。

二

目を開けると、見慣れない天井が見えた。

ここは、どこだろう？　とありすは起き抜けの頭でぼんやり考えていると、視界にうさぎと蛙の姿がにゅっ、と入ってくる。

ここが昨夜泊まった旅館であることを認識すると同時に、自分の顔を覗き込むようにしてジッと見詰めているナツメとハチスの視線に、ありすは戸惑った。

「ふ、二人ともどうしたの？」

体を起こすと、二人は一歩離れて「やっぱり」と頷く。

「ありす、少し若返ってるぞ」

「本当ですね」

顔を見詰めたまま言う二人に、ありすは「えっ」と声を上げて、鏡台の前まで膝行《しっこう》し、鏡を覗く。

昨日までは、老婆にしか見えなかった自分だが、今は四十代くらいの女性にまで戻っていた。

「わぁ、若返ってる」

「良かったですね」とナツメ。

「うん。こうして少し若返ったのはきっと、自分には向いていなかった舞妓の仕事から離れたのが良かったのかも」

ありすは、自分の頬に手を当てた。

たるんでいた頬の皮膚に、少しばかり張りが戻っている。

「良かったな、ありす。お前、叔母さんによく似てるんだな」

とハチスが言う。

「うん、叔母さんと言うより、この姿は、まるで……」

お母さんそのものだ、とありすは声を出さずに続けた。

そう、鏡に映る自分の姿は、亡くなった母そっくりだ。

ジッ、と見ていると、母が目の前にいるように感じ、ありすはそっと鏡に映る自分の顔に手を当てる。

「――お母さん……」

そうつぶやくと、目から一筋の涙が零れ落ちた。

自分が泣いているのだが、母が鏡の向こうで涙を流しているように見える。

泣かないで、お母さん。

心で告げるも、映っているのは自分の顔だ。
分かってはいても、母に再会できたようで、体が震えてくる。
鏡の向こうの母は、情けない顔で涙を流していた。
「…………」
母のそんな姿は見たくないと、手の甲で涙を拭って、無理やり口角を上げる。
鏡の中の母の顔をした自分は、ぎこちないが笑顔になった。
『……笑っているお母さんの顔だ』
と思うと自然と頬が緩《ゆる》んだ。
柔らかく微笑んでいる母の顔が、とても懐かしい。
『がんばってね、ありす』
母にそんな風に言ってもらえたような気がして、ありすの胸に熱いものが込み上げる。
ありがとう。がんばるね、お母さん。
——自分のために。
きゅっ、と決意の拳を握ると、ハチスがぽんぽんと頭を軽く叩いてくれた。
「……ありがとう、ハチス」
ありすは振り返って、笑顔を見せる。
「これなら、少し歩けそう。それじゃあ、行こうか」

良かった、と胸に手を当てて、出掛ける支度を始めた。

三

「ありがとうございました」

ありすは、夢乃に頭を下げて、旅館を出る。

やはり宿賃などはなく、不思議な気持ちを抱きながら歩く。

『あなたは、ご自分が私に何を返したのか、よく考えてみてください。それが分かれば、この世界のことが、少しずつ分かってくると思いますよ』

夢乃の言葉を反芻《はんすう》し、眉を顰《ひそ》める。

「この世界には、お金はないけれど、仕事は存在している。サービス業に関しては、消費者はお金以外のものを返している」

独り言のように零し、首を捻った。

『サービス業』に限定されるわけではないのかもしれない。

あれこれと考え込みながら歩いていると、高瀬川《たかせがわ》という小川のほとりに木の看板があり、そこに地図があるのが見えて、ありすは「あっ」と駆け寄る。

この地に来たばかりの頃もお世話になった、タッチパネルタイプの地図だ。

看板に指を当てると、『行先はどこですか?』という文字が浮かび上がる。

「大原へ」

ありすが答えると、大原までの行き方が表示される。

徒歩では果てしなく遠そうだが、とりあえず北に進んでいくしかなさそうだ。

「なぁ、ありす、まさか歩いて行くつもりじゃないよな?」

少し呆れたような声を上げるハチスに、「えっ?」とありすは振り返る。

他にどういう手段があるというのだろう、と思っていると、

「大通りには、バスが走っているのですよ」

とナツメが付け加えた。

そういえば、見かけたことがある、とありすは大きく頷いた。

時折、八坂神社前の東大路通や四条通をバスが走っていた。そのバスは、馴染みの市営バスよりも小ぶりなもので、デザインもとてもアンティークだ。

「とはいえ、あまり走ってないんだけどな」

「一時間に一本くらい?」

そう尋ねると、二人揃って「さあ?」と首を傾げる。

「さあ? って」

「時間は決まってないんですよ」

「ああ、遭遇した時に乗るって感じだな」

そう言うナツメとハチスに、「さすが」とありすは頰を引きつらせた。

「とりあえず、この町で一番大きな通り、『朱雀大路』を北に歩いていったらバスに遭遇する可能性も高いから行こうぜ」

ハチスはそう言って、西を指す。

「朱雀大路……」

ありすの知っている京都には、そんな通りはない。

かつて平安京に存在した大通りだ。

羅城門から、内裏の朱雀門に向かって伸びる大通り。

この京都――いや、『京洛』には、かつての通りが存在するらしい。

一体、どんな通りなのかと少しドキドキしながら四条通を歩く。

朱雀大路に近付くにつれ、町がどんどん賑やかになっていくことが分かる。

四条通から、朱雀大路に出ると、それは広い通りだ。

幅は百メートルくらいはあるかもしれない。

東側と西側にずらりと店が並び、たくさんの人が愉しげに行き交っている。

人力車が走る様子も見られ、とても賑やかだ。

「ありす、あれが、朱雀門だ」

ありすの肩の上で、ハチスが手を伸ばす。

「――っ」

そびえ立つ巨大な朱色の楼門に、ありすは目を見開いて立ち尽くした。

「お、大きい……」

ぽつりと零すありすに、ナツメは誇らしげに頷く。

「ええ、高さは約二十一メートル、幅は約三十五メートル。七間五戸の二重門、鮮やかな朱色が目を惹く素晴らしい門でしょう」

「う、うん、すごい。素晴らしい……」

かつて平安京に存在したといわれる朱雀門は、まさにこんな感じだったのかもしれない。

ありすは朱雀門に圧倒されながら、胸の前で拳を握る。

「そして南の端には、羅城門がある。ここからじゃあ、ハッキリ見えないけどあれだよ」

ハチスは振り返って、朱雀大路の南側に目を向けた。

言葉通り、ここからではハッキリは見えないが、朱雀門と似ているように思える。

門から少し離れるが、左右に寺のようなものが見えた。

その左右の寺には、どちらも五重塔がそびえている。

ありすが見入っていると、

「この都を護《まも》る、東寺《とうじ》と西寺《さいじ》ですよ」

ナツメがそう話す。

ありすの知る京都にも、東寺はあった。

かつては、それと対となる西寺があったのも知識として知っている。

こちらの京都——京洛は、どうやら平安京の面影が濃いようだ。

羅城門に背を向けて、再び朱雀門に視線を移す。

手前に社が見えた。

石の鳥居があり、その向こうに朱色の橋や池があって、多くの人でとても賑わっている。

「あそこは？」

「神泉苑です」

「神泉苑……入ってもいいのかな？」

「ええ、ですが、あの通り今は人で賑わって参拝も大変かもしれませんが」

「どうして？」

「この地に降り立った水にまつわる神々は、あの神泉苑の泉に身を寄せているんです。なので、神の光に触れたいと、集うものが多いんです」

ありすは納得して頷く。

つまり、神無月《かんなづき》の出雲《いずも》のような状態なのだろう。

参拝は難しくても境内に入ってみたい、とありすは引き寄せられるように神泉苑へと向かった。

参拝客は行儀よく一列に並んでいて、その列は境内を出て果てしなく続いている。

ありすは感心の息をつきつつ一礼をして鳥居をくぐり、自分は社の前まで行かなくても良い、と境内のひと気のないところで、そっと手を合わせた。

アーチ状の朱色の橋の向こうでは、泉の水面が光っている。

時折、龍の影のようなものも見えて、どきりとした。

境内端のベンチに腰を下ろして、参拝客の行列を眺める。

親が列に並んでいるものの、子どもは退屈な様子でぐずっている。

列を離れて、境内を駆けまわっていた。

「こら、転ぶんじゃないよ」

並んでいる親が声を上げていた。

こういう光景は、あっちの世界もこっちの世界もあまり変わらないようだ。

かと思えば、妙に大人びた子どもの姿も見える。

もしかしたら、子どもの姿のまま、齢を取るのをやめてしまった人なのだろうか。

不思議な気持ちで眺めていると、少年がトコトコとありすの許にやってきた。

「おばさん」

ありすを見上げてそう言う子どもに、ぎょっとするも、すぐに自分の今の姿は中年であったことを思い出し、無理やり笑みを作った。

まるで悪意のない素直な呼びかけではあったが、やはり『おばさん』は、あまり嬉しい言葉ではない。

「なぁに？」

「おばさんは、ここで何をしているの？」

「あ、ええと、ここを見学に来たのと、あとね、バスを待ってるの」

そう話すと、少年は「ふぅん」と洩らし、

「ねぇ、その本、面白いの？」

ショルダーバッグからちらりと見える本を指して、そう尋ねた。

えっ、と戸惑うありすに、ナツメが説明する。

「この世界では、本は限られた場所にしかないので、珍しいのでしょう」

「そうなんだ」

思えば、ここに来てから書店というものを見たことがない。

「限られたところって、どこに？」

「学びたい者が通う、学校の図書室などでしょうか。そこに行けば本も自由に借りられるのですが、身近なものではないのです」

そう言うナツメに、ありすは「へぇ」と洩らす。

それならば、橘が童話を知らないのも無理はないのかもしれない。

「面白いよ。読んであげようか」

ありすはバッグから文庫本を取り出して、何が良いかな、とパラパラと開く。

少年は目を輝かせて身を乗り出し、他にも境内で退屈していた子どもたちが、なんだろう、という様子で駆け寄ってきた。

「それでは、『白雪姫』を」

ありすは、こほん、と咳払いをして、『白雪姫』を読み始める。

『世界で一番美しい者は誰？』と継母《ままはは》が、鏡に問いかけ、『白雪姫』と答えたことから、激しく嫉妬し、継子である白雪姫の命を狙うこと。

逃げ出した白雪姫は、森で七人の小人に会うこと。

そして、老婆に化けた継母が、毒りんごを持ってやって来ること。

子どもたちは、はらはらドキドキしながら食い入るような目をして話を聞き、ありす自身もそんな子どもたちを前に、胸を躍らせながら朗読を続けた。

物語が終わり、子どもたちはありすを見上げて、目を見開く。

「わあ、魔法みたいだ」

「本当だ。おばちゃんが、お姉ちゃんに変わってる」

「可愛い！」

目をきらきらさせて言う子どもたちに、ありすは「えっ？」と瞬きをした。

「わっ、本当だ、ありす。元に戻った！」

「これはすごい。目の前で、若返る者を見たのは初めてです」

驚くハチスとナツメに、「う、うそ」とありすはバッグから手鏡を取り出して、顔を覗く。

そこには、すっかり元の十五歳の自分の顔があった。

「だけど、髪は真っ白なまま」

ありすは三つ編みを手にしながら、残念そうに息をつく。

「大丈夫ですよ。髪の方は時間差で、少しずつ元に戻るでしょう」

「そうだよ、髪なんて気にすんな。良かったな、ありす」

ハチスがよしよし、とありすの頭を撫でる。

「……うん」

目頭《めがしら》が熱くなるのを感じながら、ありすが頷いていると、

「お姉ちゃん、ありがとう」

「面白かった。ありがとうございました」

子どもたちは嬉しそうに手を振って、駆けていく。

そんな子どもたちの背中を眺めながら、

「……こちらこそ、ありがとう、だよ」

と、ありすは目に浮かんだ涙を拭った。

子どもたちに本を読むのが、本当に楽しかったのだ。

「そういうことなんだ。『自分が心から楽しめることをした』から、若返ることができたんだ」

ありすの言葉に、ハチスが「そうだな」と頷く。

「昨夜も俺たちに本を読んでくれたことで、朝には少し若返ったわけなんだな」

「ええ、そうですね。そして今、こんなにすぐに元の姿に戻れたのは、この神泉苑が神のエネルギーに満ち溢れているからでしょう」

「そうか、他で行うよりも、効果が出やすかったんだ。ラッキーだったかも」

ありすは頰を緩ませて、バッグに本を仕舞う。

すると先ほどの少年が、こちらに向かって大きく手招きを始めた。

「お姉ちゃん、バスきたよ！」

「わっ、ありがとう」

ありすたちは慌てて立ち上がり、神泉苑の境内を後にした。

第五章　大原の地図屋

一

ありすはバスに乗り遅れないようにとハチスとナツメを連れて、神泉苑の境内を駆け抜ける。

全力で走った甲斐《かい》があり、ありすたちはバスに乗り込むことができた。

その姿を高い所から眺めていた少女は、残念そうに息をつく。

「ああ、行ってしまいましたわ」

内裏の東南角には、三重塔がある。

そこは、朱雀大路や神泉苑が見渡せる内裏の物見の塔の役割をしているのだが、少女はそこから神泉苑境内の泉を見下ろし、時折神々が放つ水面の光を眺めていた。

「――ここにいたのですね。菖蒲《あやめ》」

男性の声に、少女・菖蒲は弾かれたように顔を上げて、振り返る。

そこには薄茶色の髪に白い肌の、美しい少年の姿があった。

「お兄様」

菖蒲は嬉々として迎える。

「神々が神泉苑にお越しになっている時には、塔から泉を覗かないよう言われていませんでしたか？　神々を見下ろすのは良くないと」

窘《たしな》めるように言う兄に、少女は口を尖らせた。

「嫌ですわ、元々、ここに忍び込む方法を教えたのは、お兄様ですよ」

「……そうでしたね」

「そうですよ。大体、お兄様ったら縁談の話が来てから、すごく大人っぽくなられて、わたくしはちょっと面白くなく思っております」

菖蒲は頬を膨《ふく》らませて、腕を組んだ。

すると、彼は愉しげに笑う。

「わたしもそろそろ、大人にならなければいけないのですよ。そして今は、乳母《めのと》からあなたに注意するよう言われてきたのです。申し訳ない」

「そんなことだと思いました。でも、大丈夫です。今は泉を覗いていたわけではないのです」

「何を見ていたのですか？」

「とても面白いものが見られたんですよ」

「面白いもの？」

「ええ。ちょうど、あそこのベンチでとあるご婦人が子どもたちに本を読んで聞かせていたの。そうしたら、みるみるその女性が若返って、とても可愛らしい女の子になったんですよ。わたくし、人が若返っていく様子をこの目で見たのは初めて。素晴らしい魔法でしたわ」

菖蒲は、興奮気味に胸に手を当てる。

「そうですね、人が老いていく様子は時折見ることがありますが、みるみる若返っていくことなんて滅多《めった》にありませんね。おそらく、今ちょうど神泉苑に神々が身を寄せている影響でしょう。その少女も幸運でしたね」

「いいえ、お兄様。幸運を呼ぶのは、自分自身ですわ。わたくし、あの方にもう一度お会いしたい」

「それでは、使いの者を神泉苑に向かわせましょうか？」

「それが、あの方はもう行ってしまわれたの」

菖蒲は朱雀大路に目を向け、微かに肩を落とした。

二

乗車したバスは、空《す》いていた。

赤子を抱いている母、年老いた者、怪我をしているのだろう、足に包帯を巻いた狐。

神泉苑前から発車したバスは、内裏の東側の通りを北上する。

通りの名は、『烏丸通《からすまどおり》』と記されていた。

「…………」

ありすはショルダーバッグから、元いた世界の京都の地図を取り出す。

人の世界の京都では、御所（京都御苑）の東側の通りは、寺町通。西側が烏丸通となっている。

こちらの世界では、烏丸通よりも西側に内裏があるようだ。

ありすが無言で地図を眺めていると、ナツメがひょいと覗いた。

「へぇ、あちらではこのようになっているんですね。随分とごちゃごちゃしている」

「ごちゃごちゃしてる？」

「ええ、こちらも通りは碁盤《ごばん》の目ですが、こんなに入り組んでいないんですよ。特に南北の通りは、こちらはもっと少ないです」

「こっちでは、御所……内裏の西側の通りは、なんて通りなの？」

「堀川通だな」とハチスが答えた。

堀川通と烏丸通の間に、内裏があるわけだ、とありすは相槌をうつ。

「ところで、このバス、どこに行くのかな？」

バスは今出川通《いまでがわどおり》まで来て、東へと曲がる。

「バスは、大きな神社まで行きますので、今出川通で東に曲がったということは、下鴨神社に向かってるようですね」

「下鴨神社？」

ありすは、目を輝かせる。

かつて、自分が住んでいた地区だ。

自分の知る京都とは違っていても、懐かしさに胸が熱くなる。

「良かったな、ありす」

微笑むハチスに、ありすは「うん」と頷いた。

「ちなみに、下鴨神社までバスは停まらないの？」

尋ねるありすに、ナツメが「いえいえ」と首を振る。

その時、赤子を連れた母親が、「降ります」と片手を上げた。

バスは、きゅっ、とその場で停まり、扉が開く。

「ありがとうございました」

彼女は、そのままバスを降りた。

再び走り出すバスに、ありすはぽかんと口を開ける。

「……降りたいところで降りられるんだ」

「ありすの世界では、降りたいところで降りられないのか？」

ハチスは、驚いたように身を乗り出す。

「各地に停留所があって、バスはそこに停まるの。乗客は目的地に近い停留所で降りる感じ」

「へぇ、面倒くさいんだな」

「本当ですねぇ」

やだやだ、と肩をすくめる二人に、ありすは頬を引きつらせた。

「……バスがいつ来るか、どこに行くかよく分からないより、便利だと思うけど」

そうしてバスは、『三角デルタ』と呼ばれる高野川と賀茂川が交わる合流地点となる橋の上で停車した。

「下鴨神社前」と、運転手が低い声で告げる。

「ありがとうございました」

ありすたちは会釈をして、バスを降りた。

二つの川が交わる合流地点にある三角州には、朱色の鳥居が建っていて、ありすは「うわぁ」と声を洩らす。

「こんなところに鳥居があるんだ」

「ありすさんの世界の京都では、ここには鳥居がないのですか？」

意外そうに尋ねるナツメに、ありすは頷いた。

「ここにはなかった。でも、亀の飛び石があるのは一緒」

ありすは弾んだ足取りで、階段を下りて橋の下に行き、キャリーバッグを持ちあげながら亀の飛び石をつたって、三角デルタの地、鳥居の下に向かう。

「おい、鳥居の前では一礼するんだぞ」

ハチスはありすの肩の上で、慌てたように言う。

「あ、うん」

ありすが足を止めると、ハチスとナツメも肩やキャリーバッグから降りて、横に並び、手を合わせてぺこりと頭を下げた。

すると、風下から強い風が吹き、ありすは背中を押されるように鳥居をくぐる。

そこから先は、北に向かって参道が延びていて、左右に森が広がっていた。

「『糺の森』ですよ」とナツメ。

「うん」

ありすの知る『糺の森』は御蔭通《みかげどおり》という道路が横切り、建物もあったが、この世界の『糺の森』には、ただひたすら参道と森が続いている。

清涼な風に、境内を流れる小川、木々の隙間から差し込む木漏れ日は、ありすの記憶の中にある『糺の森』と同じで、胸が熱くなる。

この参道を蓮と手をつないで、駆け抜けた。

蓮の少し後を走りながら、その薄茶色の髪に木漏れ日が反射するのを見惚れるような気持ちで眺めていたんだ。

「……懐かしい」

ありすは空を仰いで、ぽつりと零す。

鳥たちのさえずりも、まるであの頃のようだ。

「『糺の森』をご存じなのですか？」

ナツメは、意外そうにありすを見た。

「あ、うん。あっちの世界で、下鴨に住んでたことがあって」

あれ、話したことなかったかな？　と、ありすは首を傾げつつ、参道を進んだ。

境内には、ちらほらと参拝客はいたが、多くはない。

皆、小川の辺《ほとり》のベンチに座っていたり、境内の茶屋で団子を食べたりと愉しげに過ごしている。

「ありす、団子だ、団子！」

目を輝かせるハチスに、ありすとナツメはくすりと笑って頷く。

「ですが、まずは参拝ですよ」

「分かってるよ」

相変わらず諭すようなナツメと、子どものようなハチスの様子に、ありすは頬を緩ませる。

手水舎で手と口を清めて、朱色の楼門をくぐった。

すぐに舞殿があるところは、ありすの知る下鴨神社となんら変わりはない。

それどころか、本殿の入口も西側にある売店も、まるで同じだ。

さらに中央正面に本殿があり、ぐるりと干支《えと》の社が囲っている様子も同じであり、ありすは思わず足を止めた。

「どうされました？」と、ナツメが顔を覗く。

「私の知ってる『下鴨神社』とまるで同じ感じだから驚いて。ほら八坂神社は鴨川に舞台が迫り出していたりと大きな違いがあったのに……」

ありすは本殿の門を眺めながら、静かに零す。

「ええ、そのようですね」

ナツメはあっさり頷いて、話を続ける。

「私の聞いたところでも、下鴨神社は、あちらの世界との類似性が高いそうです。そういう場所は、時折、出入口を作ってしまうようなんですが……」

「——出入口？」

「ふとした時に、あちらの世界へつながってしまうんですよ。たとえば、昨日あなたは老いてしまったでしょう？　そんな危うい状態でこの神社に来ていたら、あっさり向こうの世界に戻されてしまっていたかもしれません」

「それで、向こうに戻ったとしたら、外見はどうなるの？　元の十五歳に戻れる？」

「よく分かりませんが、老いたままの可能性は高いかと思われます」

ナツメは質問に答えただけなのだが、それはとても非情な言葉に聞こえて、背筋が冷えた。

もし、老いたままこの神社に来て、自分でも気付かぬうちに元の世界に戻っていたら、自分は元の世界に戻れたことに気付いてもらえるのだろうか？

身元不明のおかしなことを言う老人だと、誰も取り合ってくれないだろう。

「老いていなくても、ある要因でこちらの世界の人間が向こうに行ってしまったり、またその逆も然《しか》りでして、ふとあちらの世界の人がこちらに来てしまうこともあるようなんです」

空恐ろしさを感じる中、ありすの中でひとつの気付きがあった。

なぜ、蓮が下鴨神社の境内にいたのか、その謎が解けた気がした。

彼はここ、下鴨神社に来ていた時に、何かのアクシデントから人の世界に飛ばされたのかもしれない。

蓮は、すぐに自分の世界と違うと気付けたのだろうか？

思えば夏休みの期間――彼はどうやって生活をしていたのか。

すぐに高い所に登りたがって、木から落ちて腕は傷だらけだった。

もしかしたら彼は、高い所から自分の今いる世界がどうなっているのか、確認したかったのかもしれない。

あんなに幼い子が一人、知らない世界に飛ばされて、どれだけ不安だっただろうか。

ありすの目に涙が浮かぶ。

「どうしたんだよ、ありす。怖くなったのか？」

ギョッとするハチスに、ありすは首を振る。

「ううん。蓮のことを思い出したの。この世界から飛ばされて、どうやって生活していたんだろう。きっとすごく不安だったろうなって……」

ありすが涙を拭いながらそう言うと、ハチスはぽんとありすの頭に手を載せた。

「向こうの世界の人間も、こっちの世界に棲《す》まう者も、それぞれにちゃんと守護する精霊が付き添っているんだ。だから突然飛ばされたとしても、ちゃんとサポートしてもらえたはずだよ。大丈夫だ」

「そうですよ。それでは、参拝しましょう」

元気づける二人に、ありすは「うん」と頷いて、本殿を前に柏手《かしわで》を打った。

三

ありすは懐かしむように境内を歩いた。

糺の森を吹き抜ける風や、見上げた空の雰囲気までが、よく似ている。

「ありす、早く、団子だ」

「申餅《さるもち》もありますね」

ハチスとナツメが、ありすの肩の上で急《せ》かすように言う。

境内の中に茶屋があるのも同じだった。

「うん、行こう。お腹空いたね」

思えば、もう昼を過ぎている。

昼食代わりに丁度良いだろう。

ありすは「こんにちは」と茶屋の暖簾《のれん》をくぐる。

「はい、いらっしゃいませ」

三十代半ばの優しげなおかみさんが、笑みを見せていた。

「何にしますか？」

「ええと」とありすは店の壁に目を向ける。

団子［餡《あん》・みたらし］、おしるこ、磯辺餅、串餅とメニューが並んでいた。

「ありす、俺はみたらし団子な」

「わたしは串餅で」

矢継ぎ早に言う二人に、ありすは、はいはい、と頷く。

「すみません、みたらし団子と串餅、磯辺餅をお願いします」

遠慮がちに伝えると、おかみさんは手際よく用意をし、お盆を差し出した。

「はい、どうぞ。おおきにありがとうございます」

そう言ってにっこりと笑う。

「あ、ありがとうございます」

お金も渡さず、餅や団子を受け取るだけだというのに、お礼を言われることに罪悪感を覚えながら、外のベンチへと運んだ。

「ありす、団子を前になんて顔してんだよ」

ハチスはおしぼりで丁寧に手を拭いながら、首を傾げる。

「まだ、金銭を介さないやり取りに慣れてなくて……」とありすは苦笑した。

「別に、こっちではそうなんだから、気にすることないだろ」

「まぁ、常識が覆《くつがえ》されるわけですから仕方ないですよね」とナツメは相槌をうつ。

ありすも手を拭い、三人揃って『いただきます』と合掌《がっしょう》し、食べ始めた。

「――美味しいっ」

香ばしい醬油に海苔《のり》、ふわふわの餅がたまらない。

「うん、美味《うま》い。下鴨と言えば、みたらし団子だよな」

ハチスは串《くし》を手に満足そうに頷く。

「そうなんだよね。みたらし団子発祥の地だとか……」

こっちの世界でも変わらないんだ。

心の中でそう呟いて、空を仰《あお》ぐ。

とても幸せな気持ちで満たされていた。

同時に、この美味しい餅を『ありがとうございます』と無償で差し出したおかみさんの姿を思い浮かべた。

この世界は、仕事がなければ、いずれは追い出されてしまう。

とすると、自分の仕事を成り立たせてくれる『客』はありがたい存在なのかもしれない。

だから、『ありがとう』になる。

元の世界は、受け取ることに必死な世界だった。

たとえば、お金だったり愛情だったり。

こっちの世界は、『与える』ことに、意義があるのかもしれない。

「――っ」

何かつかみかけた気がして、ありすは口を手で覆《おお》った。

「どうしたんだよ、ありす?」

ハチスがぽかんとしてありすを見上げる。

「あ、いや、あのね、なんとなく分かったの」

静かに洩らしたありすに、「何がですか」とナツメも顔を向けた。

「ううん、ごめん。説明できるほど分かってなくて……」

なんだそれ、とハチスが笑う。

ありすも「本当だね」と頬を緩ませた。

そうして食べ終わり、「さて」とナツメは立ち上がる。

「大原までは遠いです。行きましょうか。運よくバスに出会えれば良いのですが」

「もう、午後だろ? バスなんて走ってないな。みんな昼寝タイムだ」

「え、ええ?」

少し慣れてきたつもりだったが、やはりなんて緩い世界なんだろう、とありすは肩を落とす。

「せっかくだから、川沿いの道を行こうぜ」

「いいですね、きっと気持ち良いですよ」

三人は神社の東側に出る。

少し歩くと、高野川が見えてきた。

輝く水面に、亀の飛び石が見える。

だが、川の向こうは霧がかかっていて何も見えない。

「あの向こうは？」

「京洛の外です」

そう言ったナツメに、ありすはよく分からないままさらに尋ねる。

「京洛って、この町のことだよね？」

「はい」

「この外は、私たち人間の世界ということ？」

「そういう場合もありますし、そうではない場合もあります」

「…………」

やはりよく分からずに、ありすは頭に手を当てた。

「まぁ、そんなに気にするなよ。元いた世界のことだって、はっきり分かってるわけじゃないだろ？」

ハチスは、肩の上で呑気《のんき》な声を上げる。

「いや、そんなことないよ。日本の外がどうなってるか分かってるし、地球の外のことだって……」

そこまで言いかけてありすは、口を噤《つぐ》んだ。

思えば、元いた世界のことも、分かっている気になっているだけで、分からないことの方が多い。

自分たちの住む星がどうやってできたのか、その外はどうなっているのか、自分たちはどこから来たのか――。

「本当だね。分からないことだらけだ」

「だろ」とハチスはいたずらっぽく笑う。

「ですが、知りたいと思う心は、わたしは素敵なことだと思いますよ」

先を歩いていたナツメが振り返って笑みを見せた。

「ありがとう、ナツメ」

ありすは、ふふっと笑い、キャリーバッグを手に歩みを速める。

その『知りたい』という心に従って、自分は大原に向かっているのだ。

四

「──っ、疲れた」

高野川沿いの道を歩くこと三時間半。

この世界は、舗装されていない道が多い。

特に河原は砂利道だ。

キャリーバッグを転がして歩くのは、ただ歩くよりも疲労が溜まる。

「少し休みましょうか」

振り返ったナツメに「そうだな」とハチスが頷く。

丁度、石段があり、三人はそこに腰を下ろして休むことにした。

ありすは元いた世界から持って来ていた水筒の蓋《ふた》を開けて、あらかじめ入れておいた水を口に運ぶ。

「おっ、いいな、ありす、俺も」

手を伸ばすハチスに、「はい、どうぞ」とありすは微笑んで水筒を渡す。

ハチスはごくごくと水を飲み、「冷たくて美味い」と目を細めた。

「ナツメも飲む？」

「ありがとうございます。わたしはこのカップにお願いします」

ナツメは自分が背負っているリュックから、小さなカップを取り出した。

カップを差し出すナツメの姿がとても愛らしい。

ありすは頬を緩ませながら、水を注ぐ。

「ナツメ、可愛い」

「恐れ入ります」

するとハチスは張り合うように身を乗り出した。

「おい、ありす、俺だってカップ持ってる。ここに頼む」

「やっぱり、蛙だから喉が渇くんだね」

ありすは、うんうん、と頷きながら、水を注いだ。

「……蛙だから、って」

口を尖らせたハチスに、ナツメはくすりと笑う。

「ありす様のいた世界の水筒は優秀なんですね。こんなに冷たいなんて」

「こっちには、こういう水筒はないの？」

「水筒自体はありますが、『入れ物』としての役割しか果たしておりません」

そうなんだ、とありすは頷く。

「本当に不思議な世界」

ゆっくりと空を仰ぐ。

陽が傾き、雲が橙色に染まりつつあった。

ありすは、綺麗、と洩らした後、我に返り二人を見た。

「……どうしよう、陽が落ちちゃうね」

「そろそろ、大原に着いてもおかしくないんだけどな」

「この辺に宿はなさそうですし、民家を探しましょうか……」

三人でそう話しながら、立ち上がりかけたその時、草むらからガサガサと音がした。

犬か猫がいるのだろうか、と顔を向けたとたん、黒い布を巻きつけたような服を纏った男が現われて、ありすの手をつかむ。

「――っ⁉」

男はありすの手をつかんだまま、乱暴に駆け出した。

ありすは何が起こっているのか分からないまま、ただ強くつかまれた手首と、ひっぱられる手の痛みに顔を歪ませる。

「ありす様、逃げてください！　そいつは少女を攫《さら》う盗賊です！」

ナツメの声が耳に届く。

金銭というもののないこの世界に、賊など存在しないと思っていたありすにとって、それは衝撃だった。

「――ありすっ！」

ハチスが力いっぱい跳ねてありすの体につかまり、そのまま腕を伝って盗賊の顔に張り付いた。

盗賊はハチスの体をむんずとつかみ、地面に投げつける。

「ハチスっ！」

ありすが悲痛な声を上げるも、ハチスはすぐに立ち上がり木の枝を手に、盗賊のアキレス腱のあたりを刺した。

しかしそれは、男に痛みこそ与えたものの、さほどのダメージはなかったようで、「この蛙が」と、忌々《いまいま》しげに舌打ちし、ハチスを踏みつけようと足を上げた。

「駄目、やめて」

ありすは、男に向かって体当たりをする。

盗賊が倒れかかったところを、すぐさまナツメが蹴り飛ばす。

「くそ、こいつら」

盗賊は怒りの形相《ぎょうそう》で、ナツメの耳をつかんで、ハチスの体に向かって投げつけた。

そのままありすの髪をつかんで、顔を近付ける。

目は充血していて、口許が歪んでいる。首に『ＤＳ』という刺青《いれずみ》が入っていた。

一目見ただけで、彼が正気ではないことを感じ取り、ありすは恐怖に身をすくませる。

「――こいっ」

「い、いやっ！」

必死で抵抗していると、

「おい、何やってるんだ？」

と男の声が、耳に届いた。

顔を上げると、土手の上から若い男性がこちらを見下ろしている。

見た目は十代後半か二十代前半の、精悍《せいかん》な顔立ちの青年だった。

青年は盗賊の姿を確認するなり、眉間に皺を寄せる。

「最近、この辺で人攫いが出るって噂を聞いてたけど、お前か！」

青年が素早く土手から降りてくると、盗賊は恐れをなしたように、ありすの髪を放し、逃げ出して行った。

「待てっ！」

青年は盗賊を追いかけるも、あまりの逃げ足の速さに、やれやれ、と肩を落とす。

そんな彼には、橘や牡丹のように動物――犬の尾らしきものがついていた。

「大丈夫か？」

彼は振り返って、ありすの許に歩み寄る。

「わ、私は大丈夫です。でも、二人が……」

ありすは、涙を滲ませながら草むらの上で意識を失っているナツメとハチスを見下ろし、おろおろと目を泳がせる。

「――どら」

青年は片膝を立てて座り、ナツメとハチスにそっと手を触れた。

「ちょっと伸びているだけだ。嬢ちゃんも擦り傷があるし、うちで手当てをしよう」

彼はそう言って、ナツメとハチスを抱き上げる。

盗賊に遭ったばかりで、その青年についていって大丈夫なのだろうかという不安はあったものの、彼の目を見る限り、さっきの男とは違うことを感じさせた。

何より、この青年まで盗賊だったとしたなら、最早《もはや》抵抗しても無駄だろう。

たとえ、騙されたとしても、今はナツメとハチスの手当てを優先したかった。

「……ありがとうございます」

ありすは覚悟を決めて、頭を下げる。

「おっ、なんか警戒してる？　心配ないよ。俺はこの近くで『地図屋』をやってて」

そう話す彼に、ありすは目をぱちりと開いた。

「――地図屋さん？」

「ああ、地図屋。京洛では珍しいだろ。多分、うち一軒だけだな」と、彼は手にしている巻物を見せる。

それが、地図なのだろう。

まさか、ここで会いたかった人物に出会えるなんて。

あなたに会いに来たという、その旨を伝えようとすると、彼ははにかんだように笑って口を開く。

「『地図屋』なんて言うと、『誰が使うんだよ』ってよく言われるんだけど、町のあちこちに設置されている看板は俺が作ったものなんだ。大して役に立ってないかもしれないけど」

「いえ、そんな。私には、町角の地図がとても役立ちました。ありがとうございます」

そう、この不思議な町――京洛に来た時から、町角の地図には助けられた。

「おっ、そう言ってもらえると、救われるな。徳をひとつ積めた」

「徳を？」

「そして、そこがうちの店だ」

彼は巻物を持った手で、一階が店舗、二階が住居になっている小さな家を指す。

『地図屋』という看板が出ているが、中はまるでリサイクルショップのように、品物で溢れている。

壁にはいくつもの時計、部屋を埋め尽くすようなチェスト。開けっぱなしの引き出しには、ネジやスパナ、軍手が詰め込まれているのが見える。

床の上には、ブリキの人形やラジコンが置かれている。

乱雑で散らかってはいるが、不潔ではない。

ただ、雑多なものが多いという印象だ。

地図屋というより、『ガラクタ屋』と言った方がしっくりくるかもしれない。

中央に大きなテーブルがあり、その上にはテーブルいっぱいに紙が置かれていた。

ありすは「お邪魔します」とお辞儀をして、足の踏み場が少ない店舗に入る。

「悪い、その紙まるめて、とりあえずチェストの上に置いといてくれないか。蛙とうさぎをテーブルの上に寝かせるから」

「あっ、はい」

ありすは急いで紙を手にする。

そこには、六芒星が描かれている。

中央に『森』という文字。

これも地図なのだろうか？

ありすは、破ったりしないよう気を付けて巻いた。

テーブルに紙がなくなったところで、青年はそっとハチスとナツメを寝かせた。

「腕や足が折れた様子もないいな」

彼が確かめるように二人の手足に触れていると、ナツメがぴくりと耳を動かし、目を開けた。

「ナツメっ」

　ありすはすぐに顔を近付ける。

「ああ、ありす様……ここは？」

「地図屋さん。丁度、地図屋さんに助けてもらえて」

「それは良かったです。伸びてしまって申し訳ない」

　ナツメはバツが悪そうに額に手を当てた後、はっとした様子で顔を上げた。

「彼は？」

「彼って？」

「——ハチスです」

「それなら、ナツメの隣で寝てる」

　ナツメの頭側に寝かされていたため、気付かなかったのだろう。

　ナツメはすぐに振り返って、ハチスが無事であることを知り、ホッと胸に手を当てた。

「彼の上に叩きつけられてしまったので、わたしが潰してしまったかと」

「下が草でクッションになったみたいで良かった。とはいえ、まだハチスは目を覚まさないけど」

　ありすは、今も気を失っているハチスを心配そうに眺める。

「寝かせておきましょう」

そう言うナツメに、青年が「そうだな」と頷いて、ありすを見た。

「『丁度、地図屋さんに助けてもらえて』って言ってたけど、もしかしてうちを訪ねて来たところだったのか？」

「あ、はい、実はそうなんです。『夢乃』という祇園の宿屋の女将《おかみ》さんに聞いて」

ありすの言葉に、彼はすべてを察したように「そうか」と洩らし、大きく頷く。

「……人間の世界から来たんだな」

しっかりとありすを見詰めてそう言う。

女将が、この世界のことは、地図屋の店主に聞くと良いと話していたくらいだ。

彼は、様々なことをよく知っているのだろう。

「はい。白川ありすといいます。この世界のことを教えてください」

深く頭を下げたありすに、彼は、ふっ、と口許を緩ませる。

「俺は亮平《りょうへい》。もう長く苗字《みょうじ》は使ってないけど向こうの世界では、吉田《よしだ》亮平という名前だった」

ありすの口から、えっ、という声が洩れる。

犬の尾をつけている彼が、自分と同じ世界から来たとは思えなかったからだ。

そんなありすの戸惑いを察した彼は、尾を手に軽く笑う。

「ああ、これか。これにも色々あって。まぁ、順を追って話すよ。それより腹減っただろ？　飯でもどうだ」

そう問われて、一気に空腹感が襲う。

「嬉しいです。なんだか急にお腹が減って」

腹が鳴りそうになって、ありすは慌てて腹部を押さえた。

「気を張ってた証拠だろ。そこのカゴを持って二階に行ってくれよ」

「はい」

ありすがカゴを手にすると、ナツメは中を覗いて、嬉しそうに頬に手を当てた。

「おお、賀茂茄子《なす》に万願寺《まんがんじ》唐辛子《とうがらし》と、京野菜満載ですね。人参も！」

「これが、賀茂茄子なんだ。まんまる」

ありすはカゴを手に、へぇ、と洩らす。

「ああ、焼いて食っても美味いんだ。二階にテラスがあるから、そこでバーベキューしようぜ」

「テラスでバーベキュー！」

ありすは、目を輝かせる。

学校行事で野外炊事体験をしたことがあったが、テラスでバーベキューは人生で初めてのことだ。

クラスメイトが家族で当たり前に行っていたことだったが、ありすにとっては無縁のことだと思っていた。

嬉しさから、鼓動が強くなる。

玩具を踏まないように床を歩いて、階段を上る。

一階とは裏腹に、二階はとてもすっきりしていた。

和室の向こうに、テラス——ウッドデッキがある。

いつもここでバーベキューをしているのか、バーベキュー台に木の椅子とテーブル、そして天体望遠鏡が置いてあった。

そこから、森や畑が見渡せる。

大原は、祇園とはまるで違い、広々とした景色が広がっている。

この光景には、ありすが育った東北と似たものがあった。

空は丁度、陽が落ちる直前であり、白い月と一番星が瞬いている。

その圧倒されるような美しさを前に、ありすは息を止めて、目を細めた。

五

ややあって、亮平は食材が載ったバットと焼き網を手に二階に現われた。

「鶏肉のおすそ分けをもらったばかりなんだよ。ありす、焼き鳥食うか？」

「はい！　食べたいです」とありすは震えるように言う。

「いえ、わたしは野菜だけで」

すぐに手を振るナツメに、亮平は「分かってるよ」と笑う。

「まずは火を起こさないとな。うさぎは離れてろよ」

そう言ってトングを手に、手際よく炭を並べ始めた。

「あの、何か手伝えることは……」

「ああ、そうだ。裏の水路でビール冷やしてるから持って来てくれよ」

「はい」

「サイダーもあるから、お前も飲みたければ」

「は、はい」

ありすは嬉しさにドキドキしながら、階段を下りる。

外に出る前に様子を見ようと、テーブルに目を向けるも、ハチスの姿がない。

「――ハチス？」

ありすはテーブルの下や、チェストの上を確認する。

やはり、ハチスの姿はなかった。

もしかしたら、目が覚めてここが盗賊の家だと思い、逃げ出したのかもしれない。

すぐに外に出ると、ハチスが店先のベンチにちょこんと座っていた。

「なんだぁ、ハチス。そこにいたんだ、ビックリした。大丈夫？」

ありすは安堵して、その隣に腰を下ろした。

「……ここ、『地図屋』だったんだな」

ハチスは目を落としたまま、静かに洩らす。

もしかしたら逃げ出そうとして、『地図屋』の看板を見て、思い留まったのかもしれない。

「あ、そうなの。偶然出会えて。すごく良いお兄さんでね」

「ああ。さっき、見かけた」

亮平が二階に上がる前に、見かけたのだろうか、とありすは相槌をうち、「ハチスも二階に行こう」と手を差し伸べた。

「俺はもう少しここにいるから、ありすは二階に行ってろよ」

ハチスはそう言って力なく微笑む。

「どうして？　一緒に行こうよ」

「……少し一人でいたくて」

「まだ、体が痛いの？」

ハチスは小さく首を振った。

「自分がふがいなくて……」と小声で洩らす。

「ふがいない？」

「――ありすを守るために側にいるつもりだったのに、何もできないのが悔しい」

ハチスは、ぎゅっと目を瞑り、ぽろぽろと涙を零した。

「ハチス……」

「何の役にも立たなくてごめん」

そう言うハチスに、ありすは涙目で首を振った。

「ううん。そんなことないよ。ハチス、守ってくれてありがとう。ハチスがあの時、がんばってくれたから、地図屋さんと会えたと思うし。助けてくれてありがとう」

ありすは両手でハチスの体を優しく持ち上げて、そっと額を合わせる。

「……ありす」

ハチスは両手で涙を拭い、弱ったように目を伏せた。

「これから飲み物を運ばなきゃいけないの。ハチスも一緒に行こう」

笑顔でそう言うありすに、ハチスはぎこちなく頷く。

二人は立ち上がって、家の裏手の水路へと向かった。

第六章　森の秘密

一

ありすとハチスがテラスに上がる頃には、陽が落ちていた。

西の空は、太陽が沈んだ後も茜色《あかねいろ》の余韻を残している。

太陽は東から昇り、西へと沈んでいく。そんな当たり前のことが、この世界においては、不思議なことのように感じられた。

椅子の上に座っていたナツメは、ハチスを見るなり跳ねるように駆け付けた。

「大丈夫ですか？　すみません、あなたを下敷きにしてしまって」

「お前の体がもふもふしていて助かったよ」

二人の会話を横で聞いていた亮平がぷっと笑い、ありすの口許が綻《ほころ》ぶ。

「あの、ビール持ってきました。サイダーも」

「サンキュー。そこ置いといて」

「はい」

ありすは、ビールをテーブルに置く。

ビールは瓶だ。栓の部分が王冠ではなく、針金でテコのようにして開けるかたちになっていた。銘柄は『伏見麦酒』と狐のマークがついていた。サイダーも水色のガラス瓶であり、銘柄はシンプルに青字で『サイダー』と書かれている。

「ありすもテキトーに座れよ」

亮平は、団扇《うちわ》を手に火を扇《あお》いでいた。

苦戦している様子だったが、やがてバーベキュー台の炭がパチパチと火の音を立てはじめ、「よし」と頷く。

火が安定したのだろう、台の上に網を置いた。

その上に、輪切りにした賀茂茄子やズッキーニ、ニンジンにトウモロコシ、広げた鶏のもも肉をトングを使って並べ、手際よく塩や胡椒《こしょう》をふりかける。

やがて芳ばしい香りが漂ってきて、ありすはたまらなさそうに両拳を握った。

「すごく美味しそうです」

「だろ。バーベキューは好きか？」

亮平は、慣れた手つきで、食材をひっくり返していく。

「……実はバーベキューってはじめてで」

少しきまりの悪さを感じてありすが肩をすくめると、亮平は手を止めた。

「もしかして、身寄りがなかったとか？」

「……叔母はいますけど、両親を事故で亡くしまして」

そうか、と彼は相槌をうち、独り言のように続けた。

「やっぱり、こっちの世界に縁がある者は、孤独な人間が多いんだな」

ありすは、えっ？　と目を見開いて、顔を上げた。

「もしかして、亮平さんも？」

「ああ、俺は施設で育ったんだ。だから両親がいない」

亮平は焼けた野菜を皿に載せ、肉を鉄板の上に移して、一口大に切っていく。

「よし、焼けた。まずはレディファーストだ」

ほら、と肉や野菜がたっぷり載った皿をありすの前に差し出した。

「ありがとうございます」

「次はうさぎだな。ニンジンでいいか？」

「ありがとうございます。ズッキーニも好きです」

「了解」

亮平はズッキーニとニンジンが載った皿をナツメの前に置き、ハチスに視線を移す。

「そして、蛙は何を食べるんだ？　虫か？」

「……『蛙』じゃない、ハチスだよ。俺は虫を食わない。肉でも野菜でもなんでも食べる」

ハチスが面白くなさそうに答えると、亮平は愉快そうに口許を緩ませながら、皿を差し出した。

「それは悪かったな、ハチス」

「いや。……ありがとう」

ハチスは皿を受け取り、微かに会釈をした。

皆で「いただきます」と手を合わせて、肉を口に運ぶ。

味付けは塩と胡椒というシンプルなものだったが、ほどよく焼けたジューシーな鶏肉が堪《こた》えられないほどで、「美味しいっ」とありすは目尻を下げた。

「初バーベキューだな」

「はい、嬉しいです」

ありすは、はふはふ、と肉を頬張り、夜空を仰ぐ。

東の空に銀の月が浮かび、星々の姿が見えていた。

「星がすごく綺麗ですね」

祇園で見るよりも、星が大きく見える。

「真夜中になったら、もっとすごいぞ。元の世界でも、大原の星空は綺麗だったけど、こっちの比じゃないな」と彼も空を仰ぐ。

「向こうの世界でも、大原に住んでいたんですか？」

「ああ、高校を卒業してからな。大原に住む陶芸家の許で修業してたんだ。元は関東の人間だよ」

ありすは、へぇ、と相槌をうつ。

「なぁ、俺はいくつに見える？」

「……二十歳くらいに見えます」

「正解。この見た目は、二十歳くらいの頃のものだ」

「本当はいくつですか？」

「ちゃんと数えてないから忘れてるけど、こっちの世界にきて、四、五十年は過ぎてるはずだから、九十歳ちょっとだな」

九十歳？　とありすは目を丸くする。

「この世界に来た時は、四十路のおっさんだったんだ」

「どういうきっかけでこの世界に来たんですか？」

ありすが上体を乗り出すと、彼はそっと腕を組み、「そうだな」とありすの顔を覗いた。

「俺としては、誰かの名前を訊く前に自分で名乗ることが礼儀なように、俺の事情の前に、ありすがどういうきっかけでこの世界に来たのか、訊きたいけど」

彼の言うことは一理あり、ありすは「本当ですね」と身を小さくする。

「いや、怒ってないからな」

「は、はい。分かってます。ええと、私は……」

ありすは姿勢を正して、自分の話を始めた。

幼い頃、両親と共に京都に住んでいたこと。

蓮との出会いに、蓮の事情――幼い約束。

その後、両親を亡くして東北に住む叔母の許に身を寄せていたものの、貧しかったことと叔父に疎まれていたことから、進学を希望できず、京都で舞妓になることを決意し、出発の日に、初老の紳士が迎えに来て、ここに来たこと――。

話を聞き終えた亮平は、「へええ」と目を丸くする。

「色んな話を聞いてきたけど、車で迎えに来たなんて初めてだな。大体が、いつの間にかこっちの世界に紛れ込んでいたってパターンだ」

「亮平さんもいつの間にか？」

「ああ、俺の場合は……」

そう話し始めた彼に、ありすははっと息を呑む。

――彼の話はこうだった。

高野川上流で、一人で釣りをしている時に急に辺りが暗くなり驚いて顔を上げると、日食が起こっているのが分かった。

『ああ、今日は日食だってテレビで言っていたな』

そんなふうに思いながら、彼は構わずに釣りを続け、辺りが明るくなり、そろそろ帰ろうと川から上がると、いつの間にか『こちらの世界』に来てしまっていたのだった。

ありすは相槌をうちながら、下鴨神社でナツメが教えてくれたことを反芻する。

おそらく、高野川上流も下鴨神社同様、あっちの世界との類似点が多いのだろう。

その為、ふとしたことでつながってしまった。

もしかしたら、日食が関係しているのかもしれない。

「――最初は、なにがなんだか分からずに戸惑ったよ。京都だけど京都じゃないし、自分は夢を見続けているんじゃないかって」

苦笑する彼に、ありすは「分かります」と強く頷く。

自分も同じように思っていた。

「亮平さんは、それでどうしたんですか？」

「俺は、『これは夢に違いない』と結論付けたんだ。そして、『それなら、この不思議な京都を楽しもう』と思った。自分の知る京都とどう違うのか気になって、スケッチブックを手に、あちこちに行って調べて、地図を描いてまわったんだ」

へぇ、とありすは感心する。

夢だと割り切って楽しんだにしろ、彼は随分柔軟な人間なのかもしれない。

「その作業はとても楽しかったし、作った地図を人に見せたら喜ばれて、それを使いたいって話もあちこちからくるようになった。そうして気が付いたら、見た目もみるみる若くなっていったんだ」

楽しんで仕事をしたことで、彼は自身が求める外見になったのだろう。

「若返ったなら、それは、ますます『夢』に違いないと思いますよね」

「ああ。だけど夢のはずなのに一向に醒《さ》めない。ここでの生活を続けていくと、向こうの世界から来た人間に会うことも多くなって、そういう人の話を聞いていくうちに、『これは夢ではなく、自分は違う世界に紛れ込んだんだ』って、ようやく気付いたんだ。その時に、絶望を覚えたよ」

「絶望……？」

彼がそんな風に感じたことが、ありすには意外だった。

若返り、自分のしたいことをして、楽しんでいたのではないのだろうか？

「元いた世界に戻りたかったんですか？」

「ああ。この世界は好きだし、肌に合ってるとも感じていた。だけど、俺には女房がいたから」

ありすは、思わず彼の左手に目を向ける。

今まで気付かなかったが、薬指にシンプルな指輪が嵌《は》められていた。

「結婚されていたんですね」

「そう。天涯孤独だった俺にとって彼女は、たったひとつの大切な宝物みたいな存在だった。生きていく支えだったんだよ」

亮平は切なげに目を伏せる。

夫婦の絆《きずな》や重みは、ありすに推し量ることはできないが、彼の気持ちは分かる気がした。

自分も、蓮の存在を支えに生きてきたからだ。

蓮と共に過ごした記憶やあの幼い約束を、宝物のように思ってきた。それと同じように、彼にとって、奥さんがすべてだったのだろう。

「それで、俺は強く強く女房に会うことを願ったんだ。その強い想いが叶って、彼女をこの世界に呼び寄せることができた」

その言葉にありすは驚いて、目を見開いた。

「そ、そんなことができるんですか？」

「ああ、できたんだ。ただな、自らの念で違う世界の者をこっちに連れてくるというのは、それなりの因果を背負ってしまう」

「愛する人をこっちの世界に呼ぶことは良くないことなんでしょうか？」

「……結果として、人の運命を大きく捻《ね》じ曲げるようなことだからな。俺はその因果から、犬の姿に変えられたんだよ。これはその名残《なごり》」

亮平は自分の尾をつかんで、いたずらっぽい笑みを見せる。

「――因果で犬の姿になってしまうんですか？」

ありすは顔を蒼白にして、口に手を当てた。

「『犬』と決まってるわけじゃない。その報いはそれぞれ違うらしいんだけど、多くの場合、『人間ではない者』になってるようだな」

人間ではない者……、とありすは息を呑む。

「俺が犬になったのは、知らずに自分で選んだらしい」

「犬が好きなんですか？」

「犬を飼ってたんだ。俺たち夫婦には子どもがいなくて、代わりというわけではないけど、飼っている柴犬を『コータ』と名付けて、子どものように可愛がっていた。そのコータは十五歳で死んでしまって……その時は本当に我が子を亡くしたみたいに夫婦で嘆き悲しんだんだよ。そんなこともあってか、気が付くと俺はコータそっくりの犬になっていた」

「どうやって、元に戻ったんですか？」

「老いた人間が若返るみたいに、かけられた呪いを解く方法はあって、俺もなんとか元の姿に戻れたんだ」

　ありすはホッとして、胸に手を当てる。

「中には、動物の姿のまま、元の世界に帰ってしまう奴もいるらしい。時々、恐ろしく賢い犬とかいるだろ？　あれは元人間だったりする場合もあるみたいだぜ」

　顔を覗いて言う彼に、ありすは「ひっ」と呻く。

「こ、怖いです、そんなの。亮平さんは元に戻れて良かったですね」

　その時、彼の尾が視界の端に映った。

　そう、彼には今も犬の尾がついたままだ。

「でも、完全には元に戻れないんですか？」

　尾に視線を送ったまま尋ねると、彼は愉しげに笑った。

「ああ、この尻尾か？　これは俺自身、気に入っててこのままなんだよ」

「尻尾がついているのがですか？」

「犬の要素を残しておけるから。俊敏で鼻が利くし勘も働くんだ。だから、ありすが賊に攫われそうになっているのも察知できたんだよ。それに一度獣になった者は、自分の意識次第で姿を変えることもできるんだ。つまり俺はその気になれば犬に変身できるってわけだ」

「そうだったんですね。それじゃあ、町で見掛けた尻尾のついた人は、亮平さんと同じ事情なんでしょうか？」

　橘や牡丹のように尾がついた者は、他の世界から誰かを呼び寄せたのかもしれない。

「いや、そうとは限らない。動物が徳を積んで人の形になっている場合もある。そういうタイプは、俺のように尻尾を『残している』わけではなく、『残っている』んだよ。ただ、こっちの世界は、自らの深層心理や潜在意識がすべてなんだ。俺や彼らが心からこの尾をいらないと思ったらなくなる」

　そう話す彼に、ありすはなんとなく相槌をうつ。

　それじゃあ、犬になってしまった彼が、人間に戻れたのは、ありすが若返ることができたように、深層心理や潜在意識が関係しているのだろうか？

　同じように気になるのは、とありすはおずおずと口を開く。

「それで、あの――奥様は？」

　今、この家には、亮平一人しかいない。

　もしかしたら、彼女はこの世界には合わずに、元の世界に戻されてしまったのだろうか？

「……うちの奥さんは、女神みたいな人だったんだ」

　いきなりのろけを聞かされるのだろうか、とありすは目を丸くする。

「あ、いや、のろけじゃなくて。真面目な話で。彼女はこっちの世界に来ても、外見は変わらず四十路のままだった。齢を取ることに恐怖を感じていなかったんだ。『これまで生きてきた四十年の歳月、刻まれた皺の数まで、すべて自分の誇りだから、若返りたいとは思わない』って言っていて。元いた世界では保育士をやっていたんだけど、それが天職だったようで、こっちの世界に来ても孤独な子どもを集めて、楽しい空間を作っていた。俺の外見は中身に合わせて、二十歳に戻って小僧のままだったのに、彼女はみんなのお母さんのようになっていた。与えることに喜びを感じ、そして自分も大切にして生きていたんだ」

話を聞きながら、本当に素敵な人だ、とありすは相槌をうつ。

「こっちの生活を続けて二年くらい経つ頃、彼女は『最近、なんだか空気が重く感じる。呼吸がしにくい』って言い出して、苦しそうにしていたんだ。俺は彼女が病気になったのかと心配していた。でも、こっちの世界にも病院はあるし医者もいるんだけど、病気になること自体、自分が『病気になりたい』と望んでいる結果なわけで、どうしたものかとオロオロしてたんだ。そのうちに、不思議なんだけど、ふとした時に、彼女の姿が光に透けて見えるようになってきた」

「透ける？」

聞き間違いではないだろうかと、ありすは身を乗り出した。

「ああ、ホログラムみたいに半透明に透けて見える時があった。もしかしたら、この世界が合わずに、元いた世界に連れ戻されてしまうんじゃないかって懸念していたら、彼女の許に迎えが来たんだ」

「……元いた世界からですか？」

「いや、違う。天都からだった」

天都——その言葉は、何度か耳にしたことがある。

「天都というのは？」

「……平たく言うと『天』。神々の世界だな。彼女はそこに招かれた。徳を積んで本物の女神になったんだ」

あまりに信じられない話に、ありすは、えっ、と間抜けな声を上げた。

「信じられないだろ？」

「は、はい」

「夕方——黄昏時《たそがれ》だな。家の前の草原に、光の六芒星が浮かび上がったんだ。彼女はすべて分かっているような表情で、俺の額にキスをして、そのまま光になって消えていった。……あの時の夕焼け空も、くっきりとした満月も、光の中で心地よさそうにしている彼女の姿も、何もかもがぞっとするくらい美しくて、瞼《まぶた》の裏に焼き付いている。寂しくて苦しくて切ないのに、どこか誇らしかった」

ありすの脳裏にも、その光景が浮かぶ気がした。

彼が言うように、それは圧倒される美しさだったに違いない。

「……時々、元いた俺たちの世界、つまりは人間界に『神になる器の人間』が生まれるらしい。天都はそうした者を神として迎えたいと思っている。だが、人間界にいる者がいきなり神になることはない。そういう選ばれた存在は、一度この『中間の森』に来て、ここでさらに徳を積むことで認められて天都に招かれて神となる。つまり先にこの世界に迷い込んだ俺は、女神を天に送るための布石だったということだな」

亮平はそう言って、自嘲的な笑みを見せる。

「奥さんがいってしまう時、引き止めなかったんですか？」

「……そうだな、それはできなかったんだ」

「どうしてですか？」

たった一人の大切な存在だったはずだ。

「彼女が心からそれを望んでいるから迎えが来たんだよ。それは寂しいけど、仕方がないことだろ？　何より、その前から彼女がもう自分とは次元の違う存在になってしまったことを肌で感じていたしな」

亮平は少し切なげに、左手の薬指を見詰める。

ありすの胸が苦しく詰まり、目を細めた。

「だけど、俺もいつか行こうと思ってる。少しずつ徳を積んで、彼女の許——天都に」

「神様になるのか？」

これまで黙って聞いていたハチスがそっと尋ねると、亮平は肩をすくめた。

「ま、その器じゃないかもしれないけどな」

するとナツメが微笑んで首を振る。

「『なりたい』と思うことは、すべて叶うことですよ」

「そうだよな。時間はかかるかもしれないけど」

亮平はそう言って、夜空を仰いだ。

ここには、徳を積んで人の姿になる動物もいれば、神の世界に招かれるために呼ばれる人もいる。まるで神の眷属《けんぞく》が棲まう森といったところだろうか。

ありすは、煌々《こうこう》と輝く月を眺めた。

「亮平さんの奥さんは、まるで『かぐや姫』ですね」

ありすは月を眺めながら、静かに呟いた。

天からの迎えがくるのだから……。

「そうだな。かぐや姫に恋をした男たちは、みんな寂しい想いをしたわけだしな」

亮平はそう言って笑った。

二

食事を終えたあとも皆は、そのままテラスでコーヒーやココアを飲んでいた。バーベキュー台では、今も火がパチパチと音を立て、焚火の役割をしている。

「ありす、手首が痣《あざ》になってるな」

ハチスが心配そうにありすの手首を見詰めて、静かに洩らす。

「あ、うん。でも痛みはもうないから大丈夫」

ありすは、痣を隠すように袖を伸ばし、小さく息をついた。

「酷《ひど》い目に遭ったよな」

「うん、人攫いだなんて、この世界にも悪い奴はいるんだね」

ありすとハチスがぼそぼそと話していると、亮平は苦笑した。

「こっちの悪党は、ある意味向こうの世界の悪党よりタチが悪いから気をつけろよ」

「どうしてですか？」

「ここは、善や悪ではなく『自らの信念に忠実である』ことで住み続けられる世界だ。つまりここに住む悪党は心から悪事が好きなんだよ。たとえばさっきの『少女攫い』はかなりタチが悪い方だ。この世界にも危険な宗教団体は存在する。その団体は、儀式の生贄《いけにえ》に少女を必要としているんだ。さっきの男は、自分たちが信じる神に少女を供物《くもつ》として捧げたいと心から思っている。厄介なのは、それが正しいことだって心の底から信じてることだよ……」

「……え」

あの時、自分はあの男に『儀式の生贄』として捕らえられるところだったのを知り、ありすは背筋が寒くなった。

「少女攫いだなんて、祇園ではそんな噂《うわさ》、聞いたことがないのに」

「賑やかな町中では仕事をしにくいから、こうした田舎で獲物を狙っているらしいんだ。アジトは噂によると祇園の地下にあるとか。詳しい場所は知らないけど、繁華街は『負』のエネルギーを溜め込みやすいから奴らにとっては良いと思っているらしい」

「祇園にそんなアジトが……」

ありすは、自分の体を抱き締めるようにした。

この世界に来てはじめて身を寄せたのは祇園であり、紅葉や橘をはじめ、町の人たちの明るさにどれだけ救われただろう。

そんな祇園に、恐ろしい組織が潜伏しているなんて信じられない気持ちにもなる。

「所詮は、『中間の森』だから、悪党から賢者まで紛れ込むんだよな」

息を吐くように言った亮平に、ありすは弾かれたように顔を上げた。

『森』というのも、何度も耳にしたワードだ。

そもそも、『森』とは、どこを指すのか。

「あの、『森』というのは、この世界のことですか？」

その質問に、亮平はぱちりと目を開き、

「……そうか、ありすはそこからか」

そう言って小さく笑う。

どうやら、これはとても基本的な質問だったようだ。

亮平はポケットからごそごそとメモ紙を取り出した。

「ありすは『六道』って言葉を聞いたことがあるか？」

「六道って、仏教の？」

「そう。天道、人間道、修羅道、畜生道、餓鬼道、地獄道で六道。この世界は六芒星にそれらを当てはめたイメージらしい」

そう言って亮平は、さらさらと六芒星を描く。

「分かっているのは、天辺《てっぺん》が天道。こっちでは、神の世界である天道を『天都』と呼んでいるんだ。他は俺が適当に当てはめてる」

ありすは彼が描いた図を眺めながら、相槌をうち、「中央の『森』は、この『京洛』ですか？」と中央を指した。

「いや、この『森』の中に京洛という町がある。世界に日本やアメリカがあるみたいなものだな」

「……世界って、この『森』はそんなに広いんですか？」とありすは目を見開いて、亮平を見た。

「果てしなく広いと感じる者には広いし、狭いと感じる者には狭い。そういう世界なんだ。ちなみにこの『京洛』は、向こうの京都と共鳴していて、『京』を慕う者が自然と集まっているんだよ」

ありすは、へぇ、と洩らした。

共鳴しているから、時々つながり、迷い込むのだろう。

「だから、森の中には中国のような町もあるし、ヨーロッパのような町もあるらしい。縁のある者がそういう町に行くんだ。外国人でも、この『京洛』に縁があれば、迷い込んでくることはある」

「……私が昔出会った少年も、この京洛から迷い込んできたようなんですが、ハーフのような外見をしていました」

「結婚の約束をした少年か？」

「はい」

「……ってことは、ありすをこの世界に呼んだのは、その少年という可能性が高いな」

その言葉に、どきん、とありすの鼓動が跳ねた。

蓮が自分をここに呼んでくれたのだろうか？

あの幼い口約束を蓮も覚えてくれているのだろうか？

「……そういえば、蓮はお別れの前に、『実は喋れなかったんじゃなくて、喋ってはいけなかったんだ』って言っていたんですよ。それはどうしてですか？」

そう問うと、亮平は顔をしかめて、首を傾げた。

「そうだな……考えられるのは、京洛の人間は人間界に住む者たちより、エネルギーが強い。となると『言霊《ことだま》』も強いわけで、おそらく人間界に住む者と会話をしてしまうことで知らずに縁を結び、戻れなくなってしまうことを懸念したのかもしれないな」

ありすは、なるほど、と相槌をうつ。

それで、蓮は帰れることが決まった（もしくは自分で分かった）時に、安心してようやく口がきけたのだろう。

しかし亮平は腑《ふ》に落ちないように、首を捻る。

「しかし、王族でもあるまいし、言霊をそんなに気にするかな」と、独り言のように洩らした。

「王族？」

「ああ、この京洛の王族に生まれつく者は、元々言霊が強いとされている。向こうの世界でもそうかもしれないけど、陛下はこの国の『王』というより、『神主』なんだよ。神の言葉を賜り、発した言葉も神からのものとされる一族だ。そのため、言葉には常々気を付けるよう言われているらしい。もし王族が人間界に行ったりしたら、怖くて会話なんてできないだろうな」

亮平の言葉を聞きながら、ありすは喉がからからに渇く気がした。

「蓮は――王族だから」

ぽつりと零すと、亮平は「へっ」と瞬く。

「蓮は、この国の王太子様なんです」

「はっ？」

信じられないという顔を見せる彼に、ありすはムキになって言う。

「私、蓮の姿を『都をどり』の巡行で見たんです。間違いなく彼でした……多分」

『間違いなく』と言いながらも、『多分』と付け足したのは、やはり不安になったためだ。

するると、亮平は「そうか」と口に手を当てる。

「何年か前の祇園祭に、殿下の巡行がなかった年があった。あの時、殿下がいなかったからか」

そこまで言って、亮平は、「ん？」と眉根を寄せた。

「だけどよ、それじゃあ、お前をこの世界に呼んだのは誰なんだ？」

「えっ？」

「ありすは殿下と結婚の約束をしたんだろ。もし、殿下がお前をこの世界に呼んだとしたら、もう殿下の姿ではいられないはずだ」

「あ――そうか」

そう、蓮は、『都をどり』で巡行していたのだ。

もし自分を呼んでくれていたとしたら、亮平が犬になってしまったように、蓮も動物になっているはず。

「王族の人間は例外ということは……」

「ないな。そういう意味では平等だ」

「そうですか……」

つまり自分を呼んだのは、別の人間。

その時、ふと、ありすの脳裏に自分を迎えに来た初老の紳士の姿が過った。

「あのおじいさんかもしれません」

「おじいさん？」

「私を迎えに来てくれたおじいさんです。あの人が私を招いてくれたのかも」

だから、彼はあの時、橋の手前でいなくなったのかもしれない。

自分を本格的にこの『京洛』に招いた途端、動物に姿が変わってしまうのだから……。

「なるほど、つまりそのじいさんが王族の執事とかで、殿下のためにありすを招いたと？」

亮平は、うーん、と唸る。

「どうにもしっくり来ないな」

「だけど、そう考えるなら、納得もできるかなと……」

どうして自分にあんな迎えが来たのか、彼が橋で姿を消したのか、蓮が蓮のままの姿なのか、合点がいくのだ。

「私、内裏に行ってみようと思います。本当に縁があるなら蓮に会える気がしますし」

ありすが強い眼差しを見せると、亮平は微かに口角を上げる。

「……なるほど、お前は運がいいな。どうやら守護する精霊がついてる」

うん、と頷いた亮平に、ありすは「はい？」と小首を傾げる。

「今日、お前と河原で出会ったのは、新たな地図を作成するのに、町へ調査に行った帰りだったんだけど、それは内裏からの依頼だったんだよ。つまり完成次第、内裏に届けに行かなきゃならない」

ありすの心臓がどきんと跳ねる。

「すぐに地図を描き上げるから、お前を助手として同行させてやる。内裏に行こう。今のお前なら、殿下に会えるかもしれない」

即刻立ち上がる亮平に、ありすも慌てて立ち上がる。

「あ、あの、ありがとうございます。どうしてそこまで……」

「俺がお前のために何かをすることは、ひいては俺の徳になるんだ。みんな徳を貯める貯金箱を持っているんだよ。それがいっぱいになったら、自分の望むところ、行きたいところに行ける。だから気にするな。まさに『情けは人のためならず』だな」

亮平のその言葉は、ありすの抱いてきた疑問に対する解答だった。

なぜ、無償で人は働くのか。

なぜ、無償で施しながら、『ありがとう』と言えるのか。

この世界の基本は、

「――功徳《くどく》、なんだね」

ありすはぽつりと漏らす。

功徳とは、善業《ぜんごう》を行うことで、天から幸運をもたらされるということ。

この世界の者は、自らが本当にやりたい仕事を行い、人に善行を施すことで『徳』を貯め、天から幸運を受け取り、自らの望みを叶える。

他人のために仕事をするわけではない。

他人のために、善行を施すわけではない。

すべては、自分のために。だけど、それが結果的に人をも幸せにしているということなのだ。

それは、なんて自分勝手で、素敵な仕組みなんだろう。

「おい、ありす。俺たちも亮平の手伝いをしようぜ」

ハチスの声にありすは我に返る。

気が付くと、亮平はテラスを出て一階へと向かっていた。

「行きましょう、ありす様」

ナツメも胸に手を当ててそう言う。

「――うん」

ありすは強く頷いて、亮平の後を追った。

第七章　王太子の微笑み

一

　亮平は一階に降りるなり、テーブルの天板に紙を敷き、天板の端をつかんで、引き上げていた。

　どうやらこのテーブルは角度を調整できる製図用デスクだったようだ。

　T定規《じょうぎ》や平行定規を使って、すらすらと鉛筆を走らせる。

　随分と慣れたもののようで、みるみる地図が描かれていく。

　ありすとハチスとナツメの三人が何か手伝いたいと、彼の後ろでうろうろしていると、

「……なんだよ、背後でもぞもぞと」

　亮平は手を動かしながら、少し笑って呆れたような声を上げる。

「あの、亮平さん、何か手伝えることはありませんか？」

「そうだ、なんでも言えよ」

「紅茶を淹《い》れましょうか」

一斉に口を開くありすとハチスとナツメに、

「ナツメだけが、具体案を出してくれたな」

と亮平は笑い、「気持ちだけ受け取っておく。これは俺の仕事だから」と再び手を動かした。

三人は「はい」と小さく頷き、みるみる出来上がっていく地図の下書きを、まるで魔法のようだ、と感心しながら眺めていた。

どこの地図を描いているのだろう、とありすが首を伸ばすと、紙の右上に『洛南・洛西地区』と記されていた。

西寺よりも西側の町の詳細を記しているようだ。

「……地図製作を内裏から依頼されたりすることがあるんですね」

「一言で『内裏』と言っても、人間界でいうところの『役所』みたいな役割を担《にな》っている部署もあるんだ」

ありすは、へぇ、と驚く。

「こっちでは、『賀茂祭』や『都をどり』といった大きな祭りの際には、天都から神々を招くだろ？　そうすると、いつの間にか道が増えたり川が増えたりすることも珍しくなくて、そういうことが起こると新たに地図を作るんだよ」

そういうことなんだ、とありすは納得して大きく首を縦に振った。

「さっき、この世界を表わした六芒星を見せてくれましたよね」

ああ、と亮平は手を動かしながら頷く。

「天道は神様の都という話でしたけど、地獄道は鬼がいるような地獄なんでしょうか」

少し身を乗り出したありすに、亮平は、うーん、と唸る。

「俺にも詳しいことは分からないんだけど、鬼がいる『地獄』とは少し違うらしい。他の世界も六道で言う『修羅道』や『畜生道』にぴったり当てはまるかと言われたら、また感じが違うらしいんだけど、すべては『並行世界』だって話している人がいたな」

「パラレルワールドってことですか？」

「おっ、詳しいな」と亮平は口角を上げる。

ファンタジー小説が好きで、とありすははにかんだ。

「そう、パラレルワールド。人は自分の選択しだいで、どんな世界にも行ける。人間界で楽しく生活していたつもりが、人を欺《あざむ》いて裏切ってを繰り返していると知らない間に『地獄道』に移り、最悪な展開の人生を歩むことになる。本人は自分が違う世界に来たことに気付いていない。鬼がいる世界に行くんじゃなく、自らが鬼になってしまっているという感じだろうな」

静かな部屋に、鉛筆を走らせる音が響く。

ありすは彼の言っていることに空恐ろしさを感じた。

だが、腑に落ちるわけではなく、眉根を寄せて首を捻る。

「……分かったような、やっぱりよく分からないような……」

「それでいいんだよ。俺も同じようなもんだから。森羅万象《しんらばんしょう》のすべてなんて、分かるはずがない」

そういえば、ハチスにも同じようなことを言われた、とありすは口許を緩ませる。

知らずに、別の世界に移動してしまっているというのは、これまで想像もつかないことだった。

幼い頃、妖怪『枕返し』の本を読んだことがある。

人が寝ている内に、枕をひっくり返すことで、知らずに違う世界に誘う妖怪の話だ。

あれはただの物語かと思っていたのに。

ただ、どの世界に行くかは、妖怪の悪戯《いたずら》ではなく、自分次第なのだ。

「それより、お前たちも疲れただろ。二階に布団があるから、自分たちで用意してもう寝ろ。明日には内裏に行けるから」

「あ、はい」

考え込んでいたありすは、我に返って顔を上げた。

「洗面所とバスルームは、そこの奥。シャワーでも風呂でも勝手に使っていいから」

「ありがとうございます」

ありすはキャリーバッグの取っ手をつかんで、洗面所へと向かった。

二

——夏はいい。


叔父が乗った軽トラが、家の前に停まる音が聞こえるからだ。

タイヤが砂利の上を走る音を耳にするなり、ありすは慌てて押し入れに飛び込み、スタンドをつける。

読みかけの本を開いて、再び物語の世界に入って行けるのだから。

だが、冬になり雪が地面を覆い隠してしまったら、もう駄目だ。

従弟たちのはしゃぎ声と、雪が車の音を吸収してしまうので、叔父が帰ってくるのに気付かない場合がある。

顔を合わせてしまえば、必ず嫌なことを言われてしまうから……。

世の中には、血のつながらぬ叔父から虐待を受ける子は多く存在する。

ありすはそうした子に比べたら、幾分か幸せだった。

殴られたのは、皿を割るなどの失敗をした際に平手打ちをされた程度のこと。

虐待というほどのことを受けていたわけではない。

顔を合わせると、見たくないものを見たという顔をされるだけ。

露骨な舌打ちや、叔母に対して『誰か預かってくれる人はいないのかよ』『うちには余裕なんてないんだし、施設にやったらどうだ』と聞こえよがしに言うだけ。

世の中に数多くいるひどい扱いを受けている子よりは、随分と恵まれている方だ。

何度も自分にそう言い聞かせるも、心がすり減っていく。

こんな身の置き所のない気持ちになるのならば、施設に行った方がずっと良いと思っていた。

一度、叔母に伝えた。

『叔母さん、私ね、施設に行ってもいいよ』

そう言うと、叔母に『そんな悲しいこと言わないで』と泣かれてしまった。

叔父がありすにつらく当たっていたのは、叔母も知っていた。

だが、昼も夜も忙しく働いていた叔母は、すべてを把握していなかったのだろう。

ありすは押し入れにこもって本を読み、疲れたら目を瞑る。

そして思い出すのだ。今では、夢の中の出来事のような両親との生活。

蓮と過ごした、美しい夏。あの屈託のない笑顔を……。

いつかきっと、蓮は迎えに来てくれる。

理性ではありえないと思いつつ、そんな希望を抱いて一日一日を過ごしていた。

「――ありす」

肩の上のハチスが、ぺちっと頬に手を触れたことで、我に返った。

目の前には、緑と青い空が広がっている。

しかしその景色は、ガタガタと揺れていて、お尻が少し痛い。

「馬車に酔いましたか？」

心配そうに尋ねるナツメに、ありすは首を振った。

今、ありすとナツメとハチスは、亮平が御者を務める馬車に乗っていた。

馬が一頭に荷台がついているだけのシンプルなもので、この馬車は『野良馬車』というらしく、気が向いたら乗せてくれるそうだ。

車輪が砂利の上を走る音がしている。

この音から、過去のことが思い出された。

膝を抱えるように、自分の存在を小さくして生きてきた。

自分のことをないがしろにして、他を優先しなくてはならなかった。

だけど今は、違う。

この世界は、自分の心を優先してこそ、生きられる世界なんだ。

もう、小さくなっている必要はないし、小さくなっていてはいけないのだ。

自分を見つめるナツメとハチスの姿がとても愛しく感じられて、ありすはぎゅっと抱き締める。

「な、なんだよ」と照れたような声を上げるハチスに、何も言わずに微笑むナツメ。

どういう縁で彼らと一緒にいるのか分からないけれど、今の自分にはこの二人が家族だ。

「そうだ。着くまで、本を読んであげようか」

ありすはショルダーバッグから本を取り出した。

「おっ、いいな」

「酔いませんか?」

「私、車の中でも本を読める人だから大丈夫」

ありすはパラパラとページを開き、『ブレーメンの音楽隊』をハチスとナツメに読んで聞かせた。

三

いくつか童話を読み終えると、馬車は内裏の近くの広場に停まった。

駐車場のようなものなのだろう、亮平は馬の鼻づらを撫でただけで、手綱をつなぐことなく馬車を離れる。

「亮平さん、馬車をあそこに放って置いて大丈夫なんですか?」

「ああ、あいつは俺たちを送ってくれただけで、このまま自分の家に帰るから」

さらりと言う亮平に、ありすはぱちりと目を開いて振り返る。

彼の言葉通り、馬は軽い足取りで来た道を戻っていった。

「そっか、野良馬車だって言ってましたものね」

こっちの世界の動物は本当に賢い。

もしかしたら、元人間だったのだろうか、なんて考えると複雑な気持ちになる。

「ありす、悪い。門を潜《くぐ》るまで、この地図が入った筒を持っていてくれ」

亮平はそう言って、ありすに筒を手渡す。

「あ、はい」

紙が一枚入っているだけの筒だ。とても軽かった。

朱雀門へと向かうため、朱雀大路に出る。

昨日は、内裏前の神泉苑に参拝の行列ができていたが、今はもうなくなっていた。

『都をどり』も終わり、神々は天都に帰ったのだろう。

朱雀門の前に、受付の小さな窓口があった。

「どうも、地図屋です」

「どうぞ。そしてそちらは？」

受付の女性は、ありすに目を向けた。

「俺の手伝いをしてくれてて」

「分かりました。どうぞ」

彼女は頷いて、門の中を掌で差し示す。

亮平とありす、ナツメにハチスは会釈をして、朱雀門をくぐった。

「よっしゃ、ありす。もう筒はいい」

亮平はありすの手から、するりと筒を取る。

「もしかして、あの門を潜るのに持っている必要があったんですか？」

「ああ、内裏の受付は特別な結界が張られていて、嘘をついては通れないんだ。お前は俺の手伝いをしていてくれたわけだろ？　だからいいんだ」

「……はぁ」

すべてお見通しなのか、緩いのか分からない、とありすは気の抜けた返事をする。

門を潜ってすぐに見える建物に『民部省』という木の看板が掲げられている。どうやらそこが、『役所』としての役割を担っているらしい。

「俺はちょっと仕事してくるから、ありすたちは散歩でもしてろよ」

「散歩していていいんですか？」

「入ってはいけないところに入ったら注意されるぐらいだ。そうしたら『すみません』って謝れば済む。運が良ければ王太子に会えるかもしれないぞ」

「――分かりました」

ありすは強く頷いて、亮平から離れた。

ありすの知っている御所も広かったが、内裏も広い。

だが、御所に比べて、建物が多いように感じられた。

『民部省』『式部省』『刑部省《ぎょうぶ》』『兵部省《ひょうぶ》』という看板が見える。

『陰陽寮《おんみょう》』というのもあった。

内裏の東南角に三重塔があり、ありすは引き寄せられるように塔へと向かう。

高い所が好きだった蓮なら、塔にいるかもしれない。

急くような気持ちながらも、しっかりとした足取りで建ち並ぶ石灯籠《いしどうろう》の間を歩く。

本当に蓮に会えるかもしれない、と思うと心臓が喉から出てきそうだ。

この塔の上で、蓮と再会できたら、それはまさに夢物語のようだ。

塔の前まで来て、足を止めた。

中に入る入口には門番がいて、『一般の方は入れません』という看板が掛けられている。

「……そりゃあ、そうだよね」

ありすは残念に思う反面、納得もしていた。

そんな上手くいくはずがないのだ。

ありすが踵を返すと、

「おい、ありす、中に入りたいなら……」

ハチスが何か言いかけたその時、

「そこの君」

門番が突然、ありすの背中に声を掛けた。

ありすもハチスもナツメも、びくんと肩を震わせる。

「な、なんでしょうか？」

半分インチキのように内裏の中に入ってしまったことを咎《とが》められるのだろうか、と冷や汗をかくような気持ちで振り返ると、

「どうぞお入りください」

門番が一礼をした。

どうしてなのか分からずにありすが瞬いていると、

「あなたにお会いしたいと、然《さ》る御方がお待ちです」

彼は頭を下げたまま言葉を継ぐ。

ばくん、と鼓動が跳ね上がった。

これまでありすの生きてきた世界では、『そんな上手い話があるはずがない』というのが常識だった。

だが、ここでは違う。『縁があれば、会える』、そんな世界なのだ。

本当に、自分は蓮に会えるのかもしれない。

どうしよう、まず何から話そうか。

幼い頃ならともかく、美しく成長した蓮を前に、自分はちゃんと話せるのだろうか。

どぎまぎしながら門番に一礼をして、塔の中に入る。

すぐに階段があり、ありすは確認することなく、そのまま上っていく。

蓮ならば、塔の一番上にいるに違いないという確信があったからだ。

ありすが階段を上っている間、ナツメとハチスは一度も口を開かなかった。

階段を上りきると、閉め切ったふすまが見える。

その前に若い男性が正座をしていて、ありすを見るなり頭を下げた。

「よくお越しくださいました。わたくしは杉《すぎ》と申します。どうぞ中へ」

そう言ってふすまを開く。

だだっ広い畳部屋が見える。

その上座に、少女が座っていた。

赤い袴に花模様の打ち掛けが愛らしく、まるで人形のようだ。

「こんにちは、絶対に会えると思っていましたわ」

彼女は、ありすを見るなり、そう言ってにこりと微笑んだ。

「――えっ？」

ありすは、何もかもが分からず、呆然と立ち尽くす。

「お嬢さん、姫が挨拶《あいさつ》をしておられます」

ふすまの前に座っていた青年・杉が窘めるように小声で言う。

「……姫？」

ありすはぽかんと口を開けて、少女を見た。

「こちらは、内親王様であらせられます」

彼の言葉に、ありすは我に返り、慌ててその場に正座して頭を下げた。

「は、はじめまして」

「わたくしは菖蒲。あなたは？」

「ありすと申します」

「実はわたくし、ここからあなたの姿を見ていたのです。子どもたちに本を読み聞かせ、みるみる若返っていく姿を……」

菖蒲は立ち上がって、神泉苑の境内を眺める。

ありすは、なんとなく相槌をうつ。

「人が若返る姿を目の前で見るのは初めてでした」

この世界に於いても、珍しい出来事だったんだ、とありすはまた相槌をうつ。

「そこでわたくし、あなたにお願いがありまして」

菖蒲はありすの目の前まで来て、すっと座った。

「……はい。お願いとは何でしょうか」

「わたくしにも本を読んでほしいのです」

思いがけない申し出に、ありすは戸惑った。

「一瞬で若返ったほどです。あなたはとても本が好きで、人に読んで聞かせるのが、得意なのでしょう。どうかわたくしにも読んでくれませんか?」

愛らしい顔を近付けて懇願する菖蒲に、ありすの胸がきゅんと詰まる。

まさかこの世界のお姫様に『本を読んでほしい』と頼まれるなんて、想像もしていなかったが、そんな光栄なことはない。

「はい、喜んで」

ありすが頷くと、彼女は「わぁ」と嬉しそうに頰を紅潮させる。

「どんなお話が良いですか?」

「女の子が主役のドキドキするお話が良いです」

「それでは、『赤ずきんちゃん』を……」

ありすは本をぱらぱらとめくり、こほん、と形だけの咳ばらいをして、少し緊張を落ち着ける。

「『むかしむかし、あるところにとても可愛らしい女の子がいました』」

ありすが本を読み始めると、菖蒲は目を輝かせて、さらに身を乗り出す。

ありす自身、自分が『朗読が上手い』と思ったことはない。

だが、本を読むのと同じくらい、人に読んで聞かせるのは好きだった。

『赤ずきん』の話を終えると、菖蒲はハーッと息をついて胸に手を当てた。

「狼に食べられたおばあさんが助かって良かった」

「本当ですね」

「ありすさん、良かったら、他の話も」と手を合わせる菖蒲に、ありすは頷いて、今度は『おやゆび姫』の朗読を始めた。

この話は、なかなか過酷なものだ。

チューリップの花から生まれた親指ほどの大きさしかない小さい少女は、ある日、ヒキガエルに誘拐されてしまう。

魚たちの助けで何とか脱出するも、その後、コガネムシに誘拐されて、その上、置き去りにされてしまう。何かと不運続きのおやゆび姫だったが、ノネズミのお婆さんの許に居候《いそうろう》することを許してもらい、しばし穏やかな生活を送った。

だが、隣の家の金持ちのモグラに求婚され、結婚を強要されてしまう。

そうして結婚式の日、おやゆび姫はモグラの家にいた瀕死のツバメを介抱していたことで、そのツバメに連れ出してもらうことが叶った。

そうしておやゆび姫は、ツバメと共に花の国へ行き、花の国の王子様と結婚するというもの。

読み終えると、菖蒲は目をうるうるさせながら、

「良かった。おやゆび姫が幸せになって」

と拳を握っていた。

随分満足したのだろう、はーっ、と熱い息をついている。

「本当にありがとう、ありすさん。あなたも、もしわたくしに願いごとがあるのなら聞きますわよ」

膝を揃えて座った状態で、にこりと微笑む菖蒲に、ありすは動きを止めた。

蓮に会わせてほしい。

そんなことを頼んで良いものだろうか?

口を開こうとしてためらっていると、

「言い難《にく》いことですか?」

と菖蒲は小首を傾げる。

ありすは、どうしようか、と目を合わせられずにいたが、この世界で『自分を殺した我慢や遠慮は駄目だ』と思い直し、視線を合わせた。

「もし、できれば、王太子殿下に会わせてほしいんです」

思い切って言うと、菖蒲は目を丸くする。

次の瞬間、頬を緩ませた。

「ありすさんも、お兄様のファンなのね。もうすぐお兄様も十六、お会いするチャンスがほしいところですわよね」

やはり蓮は、自分と同じ齢だったようだ。

それにしても会いたいことと、もうすぐ十六になることは、どう関係しているのか。

そんなありすの戸惑いを察したナツメが、「こちらの世界では、男女共に十六で結婚できるのです。成人とみなされまして」と告げた。

「――そうなんだ」

そんなに早くに結婚できるなんて、と驚いたが、よく考えれば、『自分のやりたい仕事をすることで生きていける』この世界に於いては不思議なことではないのだろう。

王太子に憧れる町娘は、お目にかかって結婚したいと考えているわけだ。

そうしたところは、こっちの世界でも向こうの世界でも変わりはない。

「ですが、ごめんなさい、ありすさん。お兄様はわたくしとは違って特別な御方。内裏の外の方がお兄様と対面するには、様々な許可が必要なんです」

やはり駄目だったか、とありすは肩を落とす。

「分かりました。ですが、菖蒲様と違って、というのは？」

内親王とはこうして会えるのに、王太子殿下とは駄目な理由が分からない。

その質問には、部屋の隅に座って様子を窺《うかが》っていた杉が答えた。

「王族に生まれつく縁を持つ男子は、特別な力を持って生まれることが多いのです。天都に招かれる器の方もいらっしゃいます。それが故に、魑魅魍魎《ちみもうりよう》を含めた様々な者に狙われやすいのです」

少し前のありすだったなら、『この世界にそんな悪い者がいるのだろうか？』と疑問に思っただろう。

だが、ありすを攫おうとした盗賊のように、この世界にも恐ろしい輩はいる。

「特に成人して、心身のバランスが整うまでは、面会者も選ばれた者のみ。外部の者と接触するのは、年に数度の祭りの巡行のみ。その際は我々が完璧ともいえる警備にあたります」

「成人してしまえば大丈夫なのですか？」

「波動の高い者は胡蝶蘭《こちようらん》のようなもの。美しく花開くまでは細心の注意が必要となりますが、花が開いてしまえば、強い力を持ちます」と杉が言う。

ありすは納得して、大きく頷いた。

それでは、蓮が人間界に迷い込んだ時は、こちらでは大変な騒ぎだっただろう。

「分かりました。無理を言ってごめんなさい」

ありすが頭を下げると、菖蒲は慌てたように首を振る。

「いいえ、ありすさん。一対一での対面は難しいですが、遠目にならお兄様をお見せすることができます。今日はちょうど、中庭の『離れ』でお茶会を開いておりますの。それでもよろしいですか？」

菖蒲の申し出に、ありすは呼吸も忘れて頷いた。

四

ありすは、菖蒲、杉と共に塔を出て、回廊を心持ち速足で歩いていた。

この先に、中庭の『離れ』を見ることができるポイントがあるらしい。

内裏の中庭は、見事なものだった。

等間隔に並ぶ敷石、砂利が敷き詰められた石庭に灯籠。

池には色鮮やかな鯉がいきいきと泳ぎ、季節の花々が咲き誇っている。

どこからか聞こえる琴の音に、微かに響く鹿威《ししおど》しの竹の音。

そんな中、遠くから笑い声が聞こえてくる。

庭にぽつんと、『離れ』と呼ばれる茶室があった。

ふすまは開いた状態で、中の様子が見える。

そこに、蓮の姿があった。

巡行で見た時は烏帽子をかぶっていたため、分からなかったが、蓮は艶やかな薄茶色の髪を後ろで一つに結んでいた。

前髪も後ろ髪も長く、美しく整った顔立ちと相まって本当に異国の王子のようだ。

そんな彼が和服を纏い、茶碗を口に運んでいる。

ミスマッチではあるが、よく似合っていると感じた。

浮かべているのは、とても上品な微笑み。

ありすは、言葉もなく遠目に蓮をジッと見詰めていた。

すると、蓮は視線を感じたのか、こちらに目を向ける。

菖蒲が笑顔で手を振ると、彼も手を振り返した。

次に、ありすに視線を移す。

目が合うなり、蓮は大人びた微笑みで、そっと会釈をした。

ありすも頭を下げる。

顔を上げた時には、蓮は既にこっちを見ていなかった。

「…………」

ありすが黙ったままでいると、菖蒲は心配そうに見上げた。

「ありすさん、どうしましたか？」

「あ、いいえ。お目にかかれて嬉しかったです。ありがとうございました」

ありすは菖蒲に頭を下げ、あらためて礼を言って、その場を離れた。

元来た道を歩き出すと、「いいのかよ」とハチスが静かに尋ねる。

「うん。もう、いいの」

ありすはそっと微笑んで頷く。

「もういいとは？」とナツメが見上げた。

「蓮は、私の知ってる蓮とは違ってた……」

ありすは歩きながら、そう言って苦笑する。

あれから随分と時が経っているにしろ、まるで別人のようだった。

顔は、蓮のままだ。

それでも、蓮はあんな笑い方をしない。

一見、声を掛けるのも躊躇うほどに綺麗なのに、顔をくしゃくしゃにして笑う――そんな屈託のない蓮の笑顔が大好きだった。

「多分、私を呼んだのは蓮じゃない。私は誰かに呼ばれたんじゃなくて、亮平さんのように何かのアクシデントでここに来ただけなのかもしれない。もしくはあの迎えに来てくれたおじいさんと何か縁があったのかも。だって、蓮は私を見ても分からなかったみたいだから……」

寂しさから、目頭が熱くなる。

現実を突きつけられた気分だ。

「ありす……」

ハチスは切なげに目を細めた。

「でも、すっきりした。淡い期待を抱いたまま、なかなか会えない王太子様を想い続けているなんてつらいもの」

いくら面差しが似ているとはいえ、蓮は成長しているわけで、王太子が蓮と同一人物かどうかは分からない。

それでも、夢から覚めたような気がした。

もし、王太子と蓮が同一人物で、幼い夏の約束を忘れてしまっていたとしても恨む気持ちはない。

それは当たり前のことだろうし、何よりつらい日々、支えになってくれたのだ。

蓮の存在に、心から感謝したい。

ありすは足を止めて振り返り、

「ありがとう、蓮」

ぽつりと洩らして、再び歩き出す。

朱雀門を出ると、亮平が待っていた。

「どうだった、会えたか？」

亮平は、浮かない表情をしているありすを見下ろし、少し心配そうに尋ねる。

「遠目に見られたけど、なんだか違っていて……」

ありすはそう言って、力なく微笑んだ。

「そっか、残念だったな」

「はい。でも、お陰でちょっとすっきりしました。これからの自分のことも考えようと思えるようになりましたし」

これは強がりではなく、本心からそう言った。

「これからどうするんだ？」

「まずは、自分の住む家をなんとかしたくて。どうしたら良いんでしょう？」

「ああ、それなら、羅城門の近くに空き家を紹介してくれるところがあるから、そこで相談するといい。この世界に来る者は、すべて縁があってのことと考えられているから、必ずお前の住む家はあるよ」

その言葉にありすはホッとして、朱雀大路の先に目を向けた。

「それでは、これから行ってみます。亮平さん、ありがとうございました」

ありすは深く頭を下げた。

「いやいや、俺も楽しかったよ。いつでも大原まで遊びに来いよ。またバーベキューしようぜ」

「はい。ちょっと盗賊が怖いですけど、バーベキューしたいです」

「野良馬車を捕まえるといい」

そうします、とありすは笑って頷き、亮平に別れを告げて、歩き出した。

「……良い家があるといいね」

蓮のことは寂しかったが、ありすの足取りは軽かった。

「ありす様はこれからどうされるおつもりなんですか？」

ナツメはありすが引いているキャリーバッグの上で尋ねた。

「私ね、やりたいことがあるの」

「やりたいこと？」と同じくキャリーバッグの上でハチスが身を乗り出す。

「――うん、私、この町で本屋さんを開きたい」

「本屋？」とナツメとハチスの声が揃う。

「そう、本屋さんになるの」

足を止めて振り返ったありすに、ナツメとハチスは顔を見合わせる。

「そりゃいいな、ありす」

「でしょう？」

「わたしも良いと思います」

「まずは、家を見付けなきゃ」

「店舗付き住宅があると良いですね」

「本当に」

自分の住むところを見付け、自分がやりたい仕事を始めよう。

ありすは希望に胸を膨らませながら、朱雀大路を南へと歩いた。

第八章　あの日の真相

一

住む家を紹介してくれる相談所は、亮平が言っていた通り羅城門の近くにあった。

しかしその羅城門に着くまでは、なかなか大変だった。朱雀大路をまっすぐ南に下っていくだけであり、羅城門の姿も見えるため、すぐに着くだろうとタカをくっていたのだが、歩いても歩いても辿《たど》り着かない。

「見えてるのに、着かない」

歩きながら息を切らして言うありすに、ナツメは当たり前のように頷く。

「朱雀門から羅生門は四キロ近くありますから」

「えっ、四キロもあるの？　あんなにはっきり門が見えるのに？」

「それだけ大きいということです」

「おっ、ありす、ラッキーだ、電車が来たぞ。乗ろうぜ」

ハチスの言葉に、ありすが振り返ると路面電車がちりんちりんと音を立てて走っているのが見えた。

　随分とゆっくり走っている。

「どこで乗るの？」

「何言ってるんだよ、飛び乗るんだ」

　ハチスは路面電車が来たところで、「こうやって」と、ぴょんと飛びついた。

「飛び乗る……」

　またもこの世界の緩さに驚かされながら、ありすとナツメも電車に乗った。

　そうして、なんとか『羅城門前』に着くことができた。

　巨大な朱色の羅城門、そして門を挟んで左右にある東寺と西寺の五重塔に圧倒されながら周辺を見回すと、『住宅相談所』という看板がすぐに目についた。

　行列ができていて、かなり時間がかかるのではと懸念していたが、皆は紙束を手にすぐに出てくる。

　受付には女性が一人いて、「ようこそ、京洛の森へ」と言ったり、「引っ越しをご希望ですね」と一言二言挨拶をしただけで、紙を手渡していた。

　やがてありすの番になり、

「あ、あの、私は、その、家を……」

　どう説明しようかと、しどろもどろになっていると、

「ようこそ、京洛の森へ。こちらにお名前を書いてください」

そう言って彼女は、ありすに書類を手渡す。

『白川ありす』

名前を書くと、「どうぞ」と紙を三枚差し出した。

その紙に目を落とすと、真っ白で何も書かれていない。

戸惑っていると、「お次の方」という声が耳に届き、ありすは列から離れた。

「ありす、どうした？」

「この紙、何も書かれてなくて……」

受付に聞こうとしたその時、まるで炙《あぶ》り出しのように地図が浮かんでくる。

「あっ、何か浮かんできた」

「今のあなたにピッタリの物件が浮かぶんですよ。三枚いただいたということは、三軒あるということですね」とナツメが言う。

「とりあえず、ここを出ようぜ」

「うん、そうだね」

三人は『住宅相談所』を出て、物件の確認をした。

「……ひとつは、この朱雀大路に面した五条のあたり。とりあえずここを見に行こうか」

「ここなら、歩いて行けるな」

うん、と頷いて、紙を手に北上する。

朱雀大路にある家のほとんどが町家づくりであり、一階が店舗、二階が住居になっている。

茶屋、うどん屋、金物屋、ちりめん山椒《ざんしょう》の店、がま口屋、呉服店。

紙に記されていた家は、そんな店舗の間にあった。

そこも一階が店舗で、二階が住居になっている。

元は、薬屋だったようだ。

店の道具がそのまま残された状態で、空き家となっていた。

引き出しには、薬の名前が記された紙が貼ってある。

重さをはかる天秤《てんびん》や匙《さじ》も残っていて、ここの店主だけがいなくなった印象だ。

「……もしかして、この世界を追い出されてしまったのかな」

ありすは店を見回しながら、静かに呟く。

棚も引き出しも、きっちりと整頓されていて、丁寧に仕事をしてきたことが伝わってくる。

それなのに、どうしていなくなってしまったのだろう。

「見る限り、おそらく人間界で薬剤師をやっていて、こっちの世界に来ても『前にやっていたから』と同じ仕事を始めたんでしょうね。元々やっていたことなので、手慣れたものだったのでしょうが、しかし、それは『本当にやりたい仕事ではなかった』ということなのでしょう」とナツメが店を見回しながら言う。

「できるからと惰性で続けて、知らずに自分を偽り続けたわけだな」

ここは夢の世界のようで、残酷な世界でもある。

店に残る薬の匂いが、どうにも肌に合わず、ありすは外に出た。

「……ここじゃないと思うの」

そう呟くと、その紙が透けていき、ふっ、と消えた。

あっ、と声を上げる間もなく、跡形《あとかた》もなくなった紙に、ありすは息を呑んだ。

「あと二軒ですね」

「うん」

「二軒とも気に入らなくても、妥協で選ぶなよ」

ハチスに釘を刺されて、ありすはぎくりとしながら「わ、分かった」と頷いた。

あと二軒しかなく、二軒ともしっくりこなかった場合、妥協してしまいそうな自分がいたからだ。

もう一軒は、烏丸通沿いの店舗付き住宅だ。

黒い瓦屋根に白い壁が印象的な大きな店だ。

どん、と大きな店構えにありすは、気圧されながら見上げる。

「おー、これはすげぇな。入ろうぜ」とハチスが感嘆の声を上げた。

「うん。入ってみようか」

そろそろと引き戸を開ける。

どうやら元呉服屋だったようで、棚には反物《たんもの》が残されている。

だが、棚のほとんどはすかすかであり、ここの店主がいなくなったあと、周囲の者たちが勝手にもらっていった残りではないかと思われた。

だだっ広い店舗、二階の住宅も畳部屋に洋風の応接室まである、それは立派なものだった。

「本当に大きなお店に家……」

ありすは見回しながら、ぽつりと零す。

「家や店の大きさも、『その人が求める大きさ』になるらしいからな」

ハチスは残された反物に目を向けながら、うんうん、と頷く。

金銭が存在しない世界では、『商売繁盛』などということは関係ない。

ここにいた店主は、お客様に反物を合わせたり、着物を見てもらうために、このくらいの広さが欲しいと思っていたのだろう。

店に温かい雰囲気が感じられる。

おそらく仕事も楽しんでいたように思える。

「ここのお店の人もいなくなってしまったんだね……」

「ここの住人が消えてしまうのはよくあることです。人間界を含む他の世界に飛ばされてしまう者、自らが思う寿命をまっとうした者、天都に招かれる者。ですので、どんな状態であろうとも、突然いなくなることはあるものなんですよ。ここの店主は、幸せに過ごして、姿を消したのではないでしょうか」

そう話すナツメに、ありすはなんとなく相槌をうつ。

「このくらい広ければなんでもできるな」

明るく言うハチスに、ありすは苦笑した。

「このお店の温かい雰囲気は良いように思えるけど、私にはこんなに大きな店も家も落ち着かなくて」

ありすがそう言うと、二枚目の紙も空気に溶けるように消えてなくなった。

最後の一枚は、木屋町通《きやまちどおり》にある町家づくりの店舗付き住宅だった。

さらさらと流れる高瀬川の上には、桜の木や柳の葉が風にそよぐ様子が美しい。

元は茶葉を売っていた店のようで、棚の上には茶缶が並んでいて、今もほんのりお茶の香りがしている。

可愛らしい小さな店構えに、ありすの鼓動が強くなる。

二階は和室がひとつと、洋室。小さいがテラスもあった。

「――ここ、素敵」

ありすが少し興奮気味に言ったその時、手にしていた紙が光り、『成約』という判が捺《お》された。

「決まったな」

「おめでとう、ありす様。この世界で、あなたの家と店が持てましたね」

そう言うハチスとナツメに、ありすは嬉しさに胸を熱くしながら、「ありがとう」と頭を下げた。

二

家が決まると、どこから聞きつけたのか、業者が駆けつけて火や水を使える状態にし、いらないものを撤去してくれた。

家具や布団を注文し、二階の住居は、ありすが好む物が揃った。

洋室には白いベッドに、白いチェスト。

読書用のカウチに、ロッキングチェア。

テラスには、チューリップの花を飾った。

家が整った後は、ありすは書店開業準備に向けて動きだした。

「まずは、店の名前を考えなきゃ」

ありすはペンを手に、「うーん」と唸る。

お世話になった『山猫書店』の名をこっちで引き継ぐのも良いかもしれないとノートに『山猫書店』と書く。

「どうして、蛙とうさぎを差し置いて、『山猫』だよ」とハチスが身を乗り出した。

「たしかに。それじゃあ、『兎蛙書店』では言い難いし、そうだ、『鳥獣戯画《ちょうじゅうぎが》書店』は？

たしかこんな本が……」

ありすは書棚から、鳥獣戯画が載った本を開いて見せた。

鳥獣戯画とは、高山寺《こうさんじ》に伝わる紙本墨画の絵巻物であり、うさぎ、蛙、猿などが擬人化して描かれていて、『日本最古の漫画』とも言われているそうだ。

蛙がうさぎを投げ飛ばしている絵を見て、ハチスは「いいな」と目を輝かせ、ナツメは「却下です」と冷ややかに言った。

「なんだよ、俺たちにピッタリだろ。これも言い難いけど」

「いいえ、ありす様、他の誰でもないあなたの店なんですから、あなたのお名前をつけてはいかがでしょうか？」

ナツメが腰に手を当てて言うと、ありすはぱちりと目を開いた。

「私の名前？」

「おっ、いいな。『ありす堂』とか」

「あ……『ありす堂』」

ありすの頬がふんわりと紅潮した。

「決まりですね」

「だな」

ナツメとハチスが笑う。

「看板は看板屋に依頼するのですよ。自分の作ってほしいイメージをしっかり伝えると良いでしょう」

すぐにそう言うナツメに、ありすは慌ててメモを取る。

「看板屋に看板を依頼……と」

「それより、本を用意しないとな」

「そう、それなの。どうやって本を仕入れるのか、どこかに相談に行かないと」

「二条に総合卸問屋《おろしどんや》があります。話を聞きに行くと良いでしょう」

「総合卸問屋……」と、ありすはまたメモを取る。

それからありすは、看板屋に卸問屋と駆け回った。

出来上がった看板は、ウッディなものだ。

ナチュラルなベージュ色の木の看板に『ありす堂』と焦げ茶色の文字、本を開いたようなイラストに、四隅には花や四葉のクローバーが描かれている可愛らしいデザインだ。

自分で素案を考えてデザイン屋に相談し、看板屋に依頼をして作ってもらったもの。

支払いが発生しないため、お願いすることに躊躇《ちゅうちょ》はしない。

自分を偽ってはいけないこの世界では、仕事を引き受けた以上、妥協することなく作ってくれる。

出来上がった看板は、自分が頭に思い浮かべていた以上のものであり、ありすは、ただひたすらに感激していた。

商品となる本は、すぐに到着した。

『なんでもある』といっていた問屋だが、本の数は少なかった。

かつて誰かが人間の世界から持ち込んだ本を元に、新たに製本したものが少しあるだけ。

すべてはとうの昔に著作権が切れているような古い作品ばかりだったが、幸運にもありすが仕入れたいと思っていた本の在庫はあった。

そうして『ありす堂』には、元々茶葉が入った缶が並んでいた棚に、ずらりと本が並んでいる。

ありすが主に仕入れたのは、童話や絵本だった。

西洋のものから、日本の昔話まで。

装丁の美しいハードカバー本に、持ち歩ける文庫。

『王子様とお姫様のコーナー』には、『白雪姫』や『シンデレラ』などを並べる。

『女の子の冒険の物語』には、『不思議の国のアリス』『オズの魔法使い』。

『男の子の冒険の物語』には、『トム・ソーヤの冒険』『ピーター・パン』。

自分には馴染み深い物語だが、ここの世界の住人には目新しいものばかりだろう。

品出しが終わった後は、それぞれの本にＰＯＰをつけていった。

タイトルの邪魔にならない一言で伝えようと、『ごんぎつね』の前には『泣けます』と貼り、『みにくいアヒルの子』の前には『ラストは幸せな気持ちに』と貼っていく。

他にも、『愉快なお話』といったＰＯＰを貼っていると、

「『ごんぎつね』は泣けるというより、切ないし、そっちの話は、『愉快』というより、なかなかひどい話だよな」

ハチスが笑って茶々を入れる。

「…………」

ありすは口を尖らせて、『※すべてのＰＯＰは店主の個人的見解です』という注意書きも壁に貼っておいた。

「そんなの貼らなくても、みんな分かってるだろ」

「私のいた世界では、こういうのにうるさくて」

「面倒くさいな」

肩をすくめるハチスに、「本当だね」とありすは笑った。

そうして、店をオープンさせるも、『書店』に慣れていない町の人たちは、ちらりちらりと見るだけで、素通りしていく。

「売上とか関係ないにしろ、寂しいものだね」

「それでは、どうしたらお客様に来てもらえるか、会議をしましょうか」

黒いエプロンをつけ、ハタキを手にしていたナツメが、振り返ってきらりと目を光らせる。

「おっ、いいな、会議しようぜ」

「賛成。それじゃあ、お茶の用意をする」

すかさず手を上げるありすに、

「『ありすのお茶会』ですね」とナツメは笑った。

三人はティーカップを傾けながら、『販促会議』を開いた。

「認知をしてもらうには、まずは人を集めることでしょうね」

そう言うナツメに、ありすは肩をすくめる。

「でも、人なんてどうやって集めたら……」

「そんなの簡単だよ」とハチスはクッキーを頬張りながら言う。

「簡単？」

「人を集めるには、『自分の得意技』を使うといいんだ。人の真似でも何でもなく、自分自身が得意とすることを披露したら人は集まる」

「そっか、音楽家が演奏をしたり、芸人が芸で人を集められても、私には無理だものね。……私自身の得意技ってなんだろう？」

ありすが真顔でつぶやくと、ハチスとナツメは顔を見合わせて、ぷっと笑った。

「どうして笑うの？」

「いえ、やはり自分のことになると分からないものなんですね。だから時として、こうして集まってのディスカッションが必要となる」

ナツメは腕を組んで、うんうん、と頷く。

「神泉苑でも子どもたちが集まってきただろ。あれは、ありすが自分の得意技を使ったからだろ」

そう言ったハチスに、ありすは「あっ」と口に手を当てた。

「そうか、朗読。『朗読会』を開くことにしよう！　ありがとう、ハチス、ナツメ」

ありすはすぐに立ち上がり、『朗読会』を開くためのポスター作りに取り掛かる。

「ビラも配りましょう」

「それは可愛い俺たちに任せてくれよな」

胸を叩くハチスに、ありすは「う、うん」と頷いた。

そうして、『朗読会』を開催する日。

時間を検討した結果、午後と決まった。

大人たちが昼寝を始め、子どもたちが時間を持て余す頃に、店先で本を読むのだ。

『朗読会をします』という看板を出し、ビラを配る。

それでも客が集まるかどうかあやふやだったため、近くにいた子どもたちを手招きして、童話を読んで聞かせた。

子どもたちは目を輝かせて話を聞き、「面白かった！　その本、ほしい」と手にする。

ありすは本のひとつひとつに可愛らしいブックカバーをつけて、「ありがとうございました」と、手渡した。

こうして、朗読会は毎日午後から開くようにした。

するとやがてその朗読会に、大人も一緒にやってくるようになった。

子どもたちは早めに来て、うきうきした様子で待っている。

「ありすちゃんの朗読会が始まるまでの間、子どもたちが食べられるように」と、お菓子作りが得意な人がお菓子を持ち寄ったり、「ありすさんの朗読に合わせて演奏させてください。その時はぜひ、先週読んでくださった『セロ弾きのゴーシュ』をリクエストしたいです」と、チェロの演奏家が申し出てくれたりした。

そうして、ありすの朗読タイムは音楽が流れ、お茶が配られと、ちょっとしたサロンのようになっていった。

ありすは、毎日が楽しく、今度はどんな本を仕入れようか、どんなイベントをしようか、と胸をわくわくさせていた。

気が付くと、ありすの髪に変化が訪れていた。

「髪の色が戻ってる」

白かった髪に色素が戻ったのだ。それだけではなく、以前の髪よりも艶やかで美しく変わっている。三つ編みをほどくと、腰まで伸びたありすの髪は緩やかなウェーブを描いている。艶やかな栗色で、陽の光に当たるときらきらと輝いていた。

「良かったな、ありす。神経が届いていない髪の色まで変わったということは、ありすが充実している証拠だ」

「お美しい御髪《おぐし》になりましたね」

そう言うハチスとナツメに、ありすは、はにかんだように微笑んだ。

「ありがとう。毎日とっても楽しいもの。本を読んでくれた人たちが、今度、『白雪姫』

の劇をすることにしたんだって。その舞台に招待してもらえたの。すごく嬉しい」

声を震わせて言うありすに、ハチスは嬉しそうに目を細める。

その様子を見ていたナツメが、「本当に、そろそろかもしれませんね」と独り言のように呟いた。

「えっ、ナツメ、そろそろって？」

「いいえ、こちらのことです」

ありすが小首を傾げていると、ふわりと伝書鳩が飛んできて店のカウンターの上に手紙を二通置いた。

ぽぽっ、と合図のように声を上げて、再び飛び立っていく。

ありすはカウンターの上に届いた手紙を見下ろして、ぽつりとつぶやいた。

「驚いた、伝書鳩に手紙を届けて貰うのははじめて」

誰からだろう、お客さんだろうか、とありすは手紙を手に取る。

差出人の名を見て、胸がどきりとした。

それは、東北に住む叔母からだった。

「叔母さんから……」

どうして、とありすが目を泳がせていると、ナツメが言った。

「この世界では時に、あなたを心から愛する者からの便りを届けてくれるのですよ。あなたの手紙も強い気持ちがあれば送ることができます。この世界の鳥は、むこうの世界と自由に行き来できるので」

「……本当に不思議」

ありすはドキドキしながら、封を開ける。

『ありすへ。

元気にしていますか？

ありすがいなくなって、子どもたちはとても寂しがっています。

子どもたちから、私がいない間、ありすがどれだけ夫につらく当たられ続けてきたのか聞きました。

あんなにありすに勉強をがんばるように言いながらも、進学させないと言い放ったことも、私は知らなかったのです。

ありすという『当たり所』を失った夫は、今度は子どもたちにつらく当たるようになりました。

そうして、ありすがいかにつらい目に遭ってきたかを知りました。

本当にごめんなさいね。

私はようやく決意をし、夫と別れることにしました。

どうか、ありす、戻ってきてくれませんか？
ありすの成績なら県立高校に進学できるでしょう。
あなたを高校に行かせてあげられます。
あなたがいなくなって、私はとても後悔しました。
あなたの将来を台無しにしてしまったこと。
姉さんにも義兄さんにも申し訳なくて、苦しくて仕方ありません。
ありす、舞妓の修業はつらくはないですか？
本当は高校に行きたかったのに、その道しかないと思ったのではないですか？
もう一度、私たちとやり直しませんか？
今さら虫が良いと思われるかもしれませんが、私も子どもたちもありすが大好きで、
もう一度やり直せたらと思っています』

叔母の手紙を読み終え、目に涙が浮かんだ。

「ありす、大丈夫か？」

「うん、大丈夫。えっと、もう一通は……」

もう一通は葉書だった。

まるで電報のように、用件だけが書かれている。

『白川ありす様、あなたのご都合がよろしい時に、内裏までお越しください。杉』

その葉書には、菊の御紋が捺されている。

「杉さんって、菖蒲様の側にいた人だよね？　菖蒲様、また本を読んでほしいとかなのかな」

ありすは葉書に目を落としたまま、独り言のように零した。

三

葉書には『ご都合がよろしい時に』と書いてあったため、ありすは翌日、内裏へと向かった。

その日は水曜日で、ありすはこの曜日を定休日と定めていた。

この世界は、暦はあれど、生活にあまり関係しない。

商売も、『今日は休みたいから休む』という気まぐれなスタンスの人が多い。

だが、ありす自身、きちんと定休日を決めた方が自分にはやりやすいと思い、あえて休みの日を決めた。水曜日にしたのは、かつて手伝っていた『山猫書店』の定休日が水曜日だったためだ。

家から内裏まで近いというほどではないが、そう遠くはない。

いつ来るか分からないバスを待つよりも、歩いて向かうことにした。

ナツメとハチスは、ありすが肩から下げているショルダーバッグに入り、まるでマスコットのように顔を出している。

賑やかな朱雀大路に出て、巨大な朱雀門へと向かう。

亮平がかつてしていたように、ありすは門の受付に向かった。

「こんなお葉書をいただきまして……」

ありすが葉書を差し出すと、受付の女性は深く頭を下げた。

「お越しくださり、ありがとうございます。今、案内の者が来ますので、門を入ったところで少々お待ちください」

「ありがとうございます」

やはり内親王の客となると扱いが違うのだろう。

ありすはドキドキしながら門を潜る。

するとすぐに先日会った、菖蒲の側近である青年・杉が姿を現わした。

「ありす様、この度はありがとうございます。どうぞこちらへ」

ありすは「あ、はい」と頷いて、杉の後について、内裏の中を歩く。

やはり、自分を呼んだのは、菖蒲なのだろう。

今日の内裏は、とても静かだった。

回廊を進み、階段を五段ほど上ったところで靴を脱ぐように言われて、ありすは靴を脱いで靴棚に入れた。

スリッパが用意されているわけではなく、ありすは靴下のまま長い廊下を歩く。

杉はふすまの前で足を止め、すっとその場に座り、「ありす様がご到着されました」とふすまの向こうに声を掛ける。

「どうぞ」

その声を確認して、杉はふすまを開けた。

まるで宴会場のように広い和室に、和服を纏った二十歳くらいの女性が笑みを浮かべて座っている。

その女性は見た目は若いが、その落ち着いた雰囲気の微笑みから、おそらく菖蒲の母――后妃ではないかとありすは推測した。

蓮や菖蒲とよく似た、芯の強そうな美しい女性だった。

「こんにちは、ありすさん」と笑みを浮かべる彼女に、ありすはその場に正座して、

「は、はじめまして、お招きありがとうございます」と頭を下げた。

「頭を上げてください。どうぞ、こちらへ」

彼女の言葉に、ありすは頷いて広間に足を踏み入れた。

「ありす、畳の縁《へり》を踏まないように気をつけろよ」とハチスが小声で言う。

ありすは、うん、と頷き、縁を踏まないよう気をつけて和室を進み、女性の側までできて腰を下ろした。

「あらためて、はじめまして、ありすさん。わたくしは菖蒲の母の百合《ゆり》と申します」

やはり后妃だったんだ、と思いながら、ありすは頭を下げる。

「白川ありすと申します」

「ようこそお越しくださいました。今日はあなたにお訊きしたいことがありまして」

なんだろう、と思いながらありすは「はい」と頷く。

「菖蒲を知りませんか？」

一瞬何を言われたか分からず、ありすは「えっ？」と瞬く。

「昨日から姿が見えないのです。もちろん捜索に当たっていますが未だ見付からず。あなたが書店を開いたという噂を聞きつけて、随分と行きたがっていたようなので、もしかしたらお邪魔したのではないかと思いまして」

「い、いいえ、いらしていません」

「そうですか。あの子はお転婆ですから、こっそり内裏を抜け出すことはあったのだけれど、一晩帰らないなんてこれまでなかったから心配で。もしかしたら、兄のように他の世界に飛ばされたのではと……」

后妃は、頬に手を当て、沈痛な面持ちを見せる。

『兄のように』という言葉に、ありすはドキリとした。

蓮のことなのだろうか？

「それと、もうひとつ。あなたに訊きたいこと……会わせたい者がおります」

后妃は杉に向かって目配せをし、ありすが戸惑う間もなく、横のふすまが開かれる。

そこから入ってきた男性の姿に、

「――っ」

ありすは驚き、目を見開いた。

蓮はありすを見て会釈をし、「失礼します」と后妃の隣に腰を下ろす。

「実は杉があなたが話しているのを聞いていたそうなのです。あなたが、この子の名を知っていたと……」

「は、はい」

ありすはぎこちなく頷く。

「あなたの口から、この子の名前を聞かせてもらえますか？」

「蓮……様、だと思います」

ありすがそう言うと、蓮はそっと口角を上げ、后妃は微かに目を細めた。

「『だと思う』とは、どういうことなのでしょうか？」

「私は、人間界から来ました。今から九年前、人間界の下鴨神社で出会った男の子の名前が『蓮』といいまして、王太子様がその子にそっくりだったんです」

そう話すと后妃は、そう、と頷いた。

「こうして再会して、懐かしいですか？」

そう問われて、ありすは苦い表情を浮かべた。

「……顔は、蓮様のままなのですが、別人のように思えて仕方ありません」

言い難さを感じながらも正直に伝えると、后妃はにこりと目を細める。

「その通りですよ、ありすさん」

「その通り？」

后妃は、ぱんっ、と手を打つ。

その瞬間、蓮は白狐に姿を変えた。

「――っ！」

ありすは驚きのあまり言葉が出ず、ただ、美しい毛並みと立派な尾を持つ白狐に目を向ける。

「あなたの言う通り、我が国の王太子――蓮は九年前の夏、姿を消しました。あの子は姿かたちは美しく生まれついたのですが、残念なことに王室にあるまじき、傲慢な子で……」

そう話す后妃に、聞き間違いではないか、とありすは息を呑む。

「この世界は、『感謝』の念を忘れないことが大切なのです。王室に生まれつく者は、物心ついた時から特別扱いをされてきます。ですが特別な扱いを受けても、それを当たり前と思わず、感謝を返していくのが大切なことです。ところが、蓮にはそれができませんでした。してもらうことが当たり前であり、それに対して礼のひとつも言えぬ子に育ってしまいました」

后妃は伏し目がちに言う。

「あなたは外の世界から来たそうですが、この世界の仕組みはご存じですか？」

「は、はい。なんとなくですが……この世界で生きていくためには、『自分を偽らないこと』と」

「ええ、そうです。そして、もうひとつ。『人に必要とされること』、これが大きな条件なのです」

『人に必要とされること』

ありすは心の中で復唱した。

もしかしたら、これこそが、この世界の真理なのかもしれない。

この世界では『仕事をせぬ者は排除される』と思っていた。

そうではなく、『誰かから必要とされることで存在できる』ということなのかもしれない。

だから、この世界の者に強く望まれたら招かれることもある。逆に誰からも望まれなくなったら、排除される。

極端な話、この世界の誰かに必要とされていれば、何も仕事をしていなくてもこの世界で生きていけるのだろう。

しかし、なかなかそうはいかないし、それでは『徳』を貯めることもできないから、みんな『仕事』をするのだろう。

そして、もし人から必要とされていても、『自分を偽る』ことをしていたら、老いてしまうのかもしれない。

ありすがあれこれと考えを巡らせていると、后妃は話を続けた。

「蓮は王太子ですが、特別な力は何も持っていませんでした。ただ、王室でわがままにやんちゃに育ち、感謝の言葉も返せない、そんな王子になってしまっておりました。それでもこの国のただ一人の王子、皆、蓮を必要と考えておりました」

ありすは黙ったまま頷く。

「ですが、次男が……弟王子が生まれたのです。その子は生まれながらに光を纏い、人を魅了する特別な何かを持った王子でした」

ありすはその先のことを察して、切なくなった。

これまでの、『ただ一人の王子』という価値が、弟である特別な王子の誕生により、失われるのだ。

「あなたも察したでしょう。弟王子が生まれたことで、内裏の者たちは皆、何の力もないわがままな王太子を『不必要』と思うようになったのです。とはいえ、もちろんわたくしや陛下にとっては可愛い息子です。ですが稀有《けう》な力を持つ第二王子を出産した直後ということで、その喜びのため王太子から意識が離れておりました。それがどのくらいの時間なのか分かりませんが、蓮は『この世界の誰からも必要とされない存在』となりました。そうして、姿を消してしまったのです」

「そんなに、いきなりのことなんですか？」

「いきなりのことではないのです。姿を消すのは、突発的なことではありません。ある程度の猶予期間があります」

「猶予期間……」と、ありすは反復する。

「ええ、ある程度様子を見られ、『負』を溜め込んだところで姿を消してしまいます」

ありすにも、それは覚えがあった。

自分を偽り続けて、舞妓になろうとがんばっていたが、すぐに老けたわけではない。

ある程度の猶予があったのだ。

「それで……その時に人間界に」

「そういうことですね」と后妃は息を吐く。

王族に生まれつく者は、特別に選ばれた何かがあるのかもしれない。

それでも、その後のことは、王子であろうとなんであろうと、この世界のルールは平等に作用するのだろう。

そういうことだったのか、とありすは黙って次の言葉を待つ。

「王太子がこの世界からいなくなってしまったことで、もちろんわたくしたちは慌てて行方を捜しました。そうして鳥たちから蓮が人間界にいるという報告を受けたのです」

「あの、蓮様は人間界でどうやって生活していたのでしょうか?」

ありすは、思わず遮るように声を上げた。

蓮は、毎日のように糺の森に現われていた。

一体、毎晩どこで過ごしていたというのだろう。

「親切なおばあさまが蓮を見付けて、保護してくださっていたそうです。おそらく、その方は『狭間《はざま》の賢者』でしょう」

ありすが、えっ? と洩らすと、后妃は話を続けた。

「天都の方だと思うのですが、時に媼《おうな》や翁《おきな》の姿になって、世界を移ってしまった者を助けたり、助言をしたりする者が現われるのです。わたくしたちは『狭間の賢者』と称しております」

「…………」

ありすは、思わず口に手を当てた。

この世界に来たばかりの時に、五条大橋で出会った老婆は、もしかしたら『狭間の賢者』だったのではないだろうか？

蓮が、『狭間の賢者』の加護を受けていたことを知り、ありすはホッとして、胸に手を当てる。

とても幸運なことのように思えるが、以前ハチスが言っていたように、蓮には『守護する精霊』がついているのだろう。

「その報告に私たちも安堵しまして、蓮が『人に感謝することを学ぶための修行』なのだろうと思い、その様子を見守ることにしたのです」

后妃は大きく息をつき、ふっ、と口許を緩ませる。

「そうして、蓮は狭間の賢者やありすさん、あなたのお陰で心から人に『ありがとう』という想いを抱けるようになりました。『感謝』を学べたのです。鳥からの報告により、その成長を知った執事であり、あの子の世話係が、強くこの世界に戻ることを願いました。そうして、あの子はこちらに戻ってこられたのです」

蓮をこの世界に呼び戻したのは、彼の世話係だった。

当時の蓮は世話係からの手紙などで、自分が元の世界に帰れるようになったことを知ったのかもしれない、とありすは想像する。

「ありすさん、ありがとうございました」

頭を下げた后妃に、ありすは「いえ、そんな」と首を横に振った。

自分は楽しく、蓮と過ごしていただけだ。

だが、最後に会ったときの蓮の言葉が、脳裏を過る。

『ありすのお陰で故郷――自分の町に帰れることになったんだよ』

嬉しさにありすの胸が熱くなる。

「こちらに帰って来た蓮は変わらずにやんちゃではありましたが、成長していました。人に対する思いやりを覚えていたのです。『ありがとう』を言える子になっていました」

「それで、その蓮様はどこに？」

「蓮ももうすぐ十六。縁談の話が来ましてね、それを進めていたところ、蓮の姿が見えなくなってしまったのです。おそらく縁談が嫌だったのでしょう……。当たり前ですが、無理強いをするつもりはなかったのですがね」

ため息を吐くように言いながらも、どこか諦めたような后妃の様子に、ありすは前のめりになった。

「十六までは、外部の者とは会わせられないと聞きましたが、大丈夫なのでしょうか？」

「もちろん、心配していますが、あの子は王室のしきたりを守ることなく、いつも抜け出しておりますし、『しばらく留守にします』と書き置きを残していったのと、特別な力を持つ弟王子が『嫌な予感がしていないし、大丈夫でしょう』と告げたので、さほど心配はしていませんでした」

人間界から『感謝』を学んだ蓮だが、后妃が言うようにやんちゃなところは変わっていなかったようだ。

「ですが、今のあなたのように、王太子が行方不明となると町の人を不安にさせてしまいます。現に蓮が九年前の夏に行方不明となり、祇園祭の巡行を休んだところ、『良からぬことの前触れではないか』と町の人々は不安がり、京洛の波動が下がって、実際に良からぬ者を呼び寄せたのもたしかです。今回もそうなっては困ると、姿を変えることに長けた者に代役を依頼しました。このことは菖蒲も知りません。あの子はお喋りなので。神を呼び寄せる祈禱は、今は弟王子の方が得意としておりますので、問題はなかったわけです」

ありすは、話を聞きながら相槌をうつ。

巡行の際に見掛けた、あの幼い殿下が神を召喚したんだ。

生まれながらに特別な力を持った弟王子。そんな弟が生まれ、元いた世界から弾かれてしまった蓮は、どれだけの衝撃を受けたのだろう。

これまでの自分を省《かえり》みて、後悔し、反省したのかもしれない。

「今回の菖蒲のことは、弟王子も『嫌な予感がする』と言ったので心配になりまして、あなたの話を聞きたかったのです」

「弟殿下は、菖蒲姫の居所などは占えないのでしょうか」

「あの子の力は『胸騒ぎがするかしないか』で吉凶を占うもので、どこにいるかまでは分からないようです」

そうでしたか、と、ありすは顔をしかめて頷く。

「今日は、わざわざお呼び立てしてごめんなさいね」

「いいえ、そんな」

ありすは、何も知らないことを申し訳なく思いながら首を振った。

「もし、何か気付いたことがあったら、鳩に手紙を託してもらえますか?」

「はい、必ず」

ありすは深く頭を下げて、そのまま部屋を後にしようとした。その時、

「ああ、ありすさん、もうひとつ、訊きたいことがありました」

そう言って呼び止めたお后様に、ありすは足を止め、振り返った。

四

その後、内裏を出たありすは家に向かって歩きながら、地面に目を落とす。

「菖蒲姫はどこに行ってしまったんだろうね？　もしかしたら違う世界に飛ばされてしまったのかな」

「……姫は、この世界から弾かれるようなタイプだとは思えませんが」

ショルダーバッグの中でナツメがポツリと零した。

ナツメが言うように、菖蒲は『自分の楽しみ』を優先し、なおかつ人に愛されるような雰囲気がある。

ずっとバッグの中で黙り込んでいたハチスだが、急に弾かれたように顔を上げた。

「なぁ、もしかしたら、ありすの本屋に来たくて、内裏を抜け出したんじゃないのか？」

「それはお后様もおっしゃってたけど、うちには来てないじゃない」

「だから、その途中、もしかしたら人攫いに……」

ハチスの言葉にありすは足を止め、口に手を当てた。

菖蒲が『ありす堂』に来たいと内裏を抜け出して店に向かっている途中、あの人攫いに遭ったとしたら……、そう思うと、震えがくる気がした。

「ど、どうしよう」

ありすはおろおろと目を泳がせた。亮平の言葉が頭を掠める。

『アジトは噂によると祇園の地下にあるとか。詳しい場所は知らないけど』

「祇園だ。祇園の地下にアジトがあるって」

「ですが、祇園は特殊な町です。見付けるのは容易ではないでしょう」とナツメが言う。

「師匠に……紅葉師匠に頼んでみる！　何か知っているかもしれない」

ありすは、そう言って駆け出した。

第九章　陰と陽

一

それは、偶然なのか運命なのか、とにかく幸運だったといえるのかもしれない。

内裏を出てすぐに、以前乗せてもらった野良馬車に出くわした。

馬は、ありすを見るなり、ひひん、と嬉しそうに駆けてくる。

「野良馬車さんっ」

ありすの前で止まって、鼻先を頬にこすりつける。

「な、なんだよ、随分、ありすに懐《なつ》いてるな？」とハチス。

「彼は、ありす様を乗せた際に、朗読された『ブレーメンの音楽隊』を聞いていて、それがとても楽しかったそうです」

同じ哺乳類同士、意思が伝わるのか、ナツメは野良馬車の気持ちを代弁した。

「そうだったんだ。野良馬車さんも楽しんでくれていたなんて、嬉しい」と、ありすは零した後、すぐに手を合わせた。

「お願い、野良馬車さん。祇園の花見小路通まで乗せて行ってほしいの。お姫様……、ううん、お友達の危機なの！」

ありすの切なる願いに、野良馬車はすぐに眼差しを強くして、大きく頷く。

「良いそうです」

「乗ろうぜ」

「ありがとう」

三人は、即座に荷台に乗り込む。

野良馬車は二、三度、蹄《ひづめ》で地面を引っかき、一気に駆け出した。

あまりのスピードに三人はひっくり返りそうになりながらも、しっかりと縁にしがみつく。

通りを東へと突進していく馬車の姿に、人々は仰天しながら避けていく。

「バカ野郎、この暴走馬車」

そんな罵声を聞きながら、ありすは「ごめんなさい」と手を合わせる。

野良馬車はありすの依頼通り、花見小路通に差し掛かるところで、ぴたりと止まった。

突然止まったことで、ありすたちはゴロゴロと転がりながらも、すぐに立ち上がり、荷台から飛び降りる。

「ありがとう、野良馬車さん。お礼はまた今度、しっかりさせてね」

ありすは馬の頭を撫でて、花見小路通を南へと走る。

芸舞妓が行き交う独特の雰囲気が、懐かしく感じられた。

通りを歩いていた牡丹が、ありすを見てぱちりと目を開く。

「ありすちゃん⁉」

「牡丹ちゃん」

「心配してたんやで、どこに行ってたん？」

「心配してくれてありがとう。今急いでて、また後でゆっくり」

ありすは走りながら牡丹に手を振り、世話になった置屋『紅葉屋』の前で足を止め、

「こんにちは、ありすです」

呼び鈴も鳴らさずに、勢いよく引き戸を開けた。

丁度廊下にいた橘が、驚いたようにこちらを見る。

「——ありすっ！」

「橘姉さん」

橘は、まあまあ、と頬を上気させて、ありすの許に駆け寄った。

「良かったねぇ。ちゃんと元の姿に戻れて。噂には聞いているよ、本屋さんを始めたって。あんたにピッタリじゃない」

「はい、すぐに挨拶に来られなくてごめんなさい。開店直後でバタバタしていて」

実際、落ち着いたら挨拶に来ようと思っていた。

「いいよいいよ、そんなこと。さっ、入って、師匠も喜ぶよ。あんたがいなくなった後、寂しがっていてさ」

「いえ、あの、今日はお訊きしたいことがあって」

「あらたまって、どうしたんだい？」

玄関先でそんなやりとりをしていると、話し声を聞きつけたのだろう、紅葉が奥から顔を出した。

「ありす！」

紅葉はありすを見るなり、大きく目を見開く。

「師匠、お久しぶりです」

ありすの挨拶が終わらないうちに紅葉は一目散に駆け付けて、ありすを強く抱きしめる。

「ありす、あんた元の姿に戻れてほんまに良かったやん」

抱き締める腕の力の強さに、彼女がいかに自分を心配していてくれたかを知り、ありすは嬉しさと同時に申し訳なさも感じた。

こんなことなら、もっと早くに挨拶に来るんだった。

「師匠、ありすはなんだか、急ぎで訊きたいことがあるみたいで」

横でそう言った橘に、紅葉は「どないしたん？」と体を離す。

「実は、その……」

ありすは、かいつまんで事情を説明した。

内裏の内親王と知り合い、彼女はおそらくありすの書店に遊びに来るために内裏を抜け出したこと。

その姫が行方不明であり、盗賊に攫われたのではと危惧していること。

少女を生贄にと考える怪しげな組織が、祇園の地下にあるらしいという噂を聞いたこと。

「――そうしたわけで、祇園の地下にあるという組織の場所を知りたいんです。師匠や姉さんはご存じないですか？」

ありすの話を聞き、二人は苦虫を嚙《か》み潰《つぶ》したような表情で腕を組む。

「怪しげな宗教団体があるのは知ってるよ。『ＤＳ』って呼ばれてる連中だろ？」

「ＤＳ？」

ふと、河原で襲ってきた男の姿が過る。

彼の首に『ＤＳ』という刺青が彫られていたのだ。

「奴らのアジトが『祇園の地下』にあるって話はあたしも聞いたことがあるんだけど、飽くまで噂の域だしねぇ」

そう話す橘に、紅葉も「そうやね」と頷く。

「うちらは、そもそも、そういう輩に関わり合いとうないさかい、突っ込んで聞いたりもしぃひん。この世界の者は、『自分がピックアップしたもの』と縁がつながるんや。つまり禍々《まがまが》しいものに注目すると引きずり込まれて、自分の波動も下がる。そやから、ちらりと噂を聞いても、流して終わるようにするんや」

「そうですか……」

紅葉と橘が何も知らなかったことにありすは落胆し、肩を落としかけた時、

「だけど、知ってる人はいると思うよ。ありす、一緒に聞き込みをしよう」

橘が身を乗り出して、肩に手を置いた。

「橘姉さん」

「王室には、縁があってね。今、うちの弟が世話になっているんだ」

そう続けられ、ありすは「あっ」と口に手を当てた。

蓮に化けていたあの美しい白狐は、橘の弟だったのかもしれない。

「もちろん、私も協力する。こうして相談を受けたっちゅうことは、解決に向けての縁があるってことやろ」

強い口調で言う紅葉に、ありすは頼もしさを感じた。

「師匠、ありがとうございます」

「ほんなら二手に分かれよ。うちは、祇園さんの神主さんたちに話聞いてくるし」

紅葉が提案すると、ハチスが手を上げた。

「それじゃあ、俺は、紅葉師匠と一緒に行くな」

「わたしはありす様と橘様に同行します」と続いてナツメが応える。

そうしてありすと橘とナツメは町で聞き込み、紅葉とハチスは八坂神社に行って、話を聞いてくることになった。

二

聞き込みと言っても、内親王が攫われたかもしれないといったことは口にできないため、『知り合いの女の子の行方が分からなくなった』ということで、組織のアジトについて心当たりはないか、尋ねて回り始めた。

祇園甲部から祇園東と聞いて回るも、「うちも噂には聞いたことがあるんやけど、具体的な場所までは」と、揃いもそろって知っている者はいない。

「やっぱり、師匠や姉さんのように良からぬ輩と関わり合いたくないということから、みんな知らないんでしょうか」

ありすが焦りを感じながらそう尋ねると、橘は怪訝《けげん》そうに顔をしかめる。

「それにしても、祇園なんて『村社会』だってのに、こうも揃いもそろって知らないなんてことはありえないと思うんだよね。よほどうまく隠れているか、それとも噂自体がガセなのかもしれないよ」

「たしかに、教えてくれた人も『よく知らないけど』という感じでしたし、不確かな情報なんですよね」

ありすは、どうしたら良いのだろう、と目を伏せる。

「その人は他にどんなことを言ってたんだい？」

突っ込んで尋ねてくる橘に、ありすは亮平の話を思い返して、首を傾げる。

――賑やかな町中では仕事をしにくいから、こうした田舎で獲物を狙っているらしいんだ。アジトは噂によると祇園の地下にあるとか。詳しい場所は知らないけど、繁華街は『負』のエネルギーを溜め込みやすいから奴らにとっては良いと思っているらしい。

「…………」

ありすは亮平の言葉を復唱し、動きを止める。

『「負」のエネルギー』から、ふと、思い出したことがあった。

「あの、橘姉さん、その団体が『ＤＳ』というのは、何かの略なんですか？」

「ああ、『デビルスター』の略だよ」

「デビルスター？」

「逆五芒星のことだよ。正五芒星は、解放と封印、結界を司《つかさど》る大いなる印だけど、逆さにしたら悪魔の印になるんだ」

「五芒星――」

ふと、お焚き上げ屋とすれ違った時に、彼が落とした紙に記された五芒星が思い出される。

カードに記された五芒星は、逆さかどうかなんて分からない。

また、あの片側が丸みを帯びた『日』という文字はそもそも『日』ではなく、『DS』を重ねたものだったのかもしれない。

ありすは顔を蒼白にして、口に手を当てた。

「ありす、顔が真っ青だけど、大丈夫かい？」

「ね、姉さん。アジトが分かったかもしれません。でも、場所は分からなくて。教えてください」

ありすはそう言って、橘にしがみついた。

三

紅葉とハチスは、八坂神社を訪れ、神主に話を聞いていた。

「内親王が……なんと恐ろしいことでしょうか」

顔色を失くす神主を前に、紅葉もハチスも苛々《いらいら》した様子で舌打ちする。

「恐ろしがるんは後にして、奴らのアジトに心当たりはあらはりますか？」

「そうなんだ、祇園の地下にあるって噂だけが流れてるんだよ」

矢継ぎ早に尋ねる紅葉とハチスに、神主は少し仰《の》け反《ぞ》った。

「いえ、わたくしどもの耳にも『祇園の地下』という話は届いていますが、実際どこなのかは分からず」

神主は申し訳なさそうに息をつき、境内から祇園の町を見渡した。

「それじゃあ、神主さん自身、祇園の町を観察していて『変だな』と思ってることはないですか？」

突っ込んで尋ねたハチスに、神主は考え込むように目を伏せる。

「……変だなと言いますか、変化があったのは、あそこですね」

ややあって、神主は遠くに見える鴨川沿いの『お焚き上げ場』に目を向けた。

「どう変化したんですか？」

「ずっと昼にお焚き上げをしていたところだったんですが、いつの間にか満月の日は、夜に焚き上げるようになりましてね。満月は『解放』の力がありますし、お焚き上げに最適なのは頷けるので、不審に思うほどでもなく、『以前と方針が変わったのかな？』と思う程度なのですが。……ああ、そういえば、今夜は満月ですね」

夕暮れ空を眺めながら思い出したように言う神主に、紅葉とハチスは顔を見合わせた。

四

「――本当にここだと思うのかい？」

橘は、半信半疑でありすを横目で見る。

「はい、多分、ここじゃないかと」

ありすは門を前に、ぎこちなく頷いた。

そこは一見、塀に囲まれた、境内の広い社寺だった。

小さな社の前に、広場があり、その中心に燃え残り、真っ黒になった木組みがある。

塀の周りは、中を隠すように木々が生い茂っていた。

門の前の看板には、『お焚き上げ場』と書かれている。

「まさか、お焚き上げ屋さんが……」

信じられない、と橘は小声で洩らす。

「ですがありす様の言う通り、ここなら少女を連れ込んでも見とがめられないでしょうね」

ナツメが低い声で呟いた。

そう、台車の上に大きな箱を載せて、たくさんの絵馬や結んであったおみくじを運んでいるのだ。

その底に眠らせた少女を隠していれば、怪しむ者はいないだろう。

「でも、社は小さいよ?」

「おそらく、アジトは地下にあるのでしょうね。ありす様、橘様、ここから先はいけません。あなた方が危ないです。今から烏に内裏へ報告させますから」

そう言ったナツメに、橘は、うんうん、と頷く。

「そうだよ、人を呼ぼう」

「――そうですね」

たしかに危険だ。だが、一刻を争う事態なのかもしれないのに……。

ありすがもどかしさに唇をかんだその時、

「ありすっ」

背後で声がして、ありすは弾かれたように振り返った。

そこには若い男性の姿があり、橘は彼を見るなり、「結構いい男」と頬に手を当てる。

「亮平さん！　どうしてここに？」

「野良馬車が呼びに来たんだよ」

そんな彼の後方には、野良馬車の姿があった。

一体どうしたんだ？　と尋ねる彼に、ありすはこれまでの事情をかいつまんで説明した。

「人が来るまで待つべきなんでしょうが、今この時にも菖蒲様の身に何かあったらって……」

目に涙を浮かべるありすに、亮平は息をついた。

「──分かった。俺が様子を探ってくるから、お前たちはそこにいろ。助けが来るまで動くなよ」

亮平はそう言ってありすたちの返答を待たずに、門をくぐり、塀伝いに社の裏側にまわる。

外から中を目隠しするような木々が亮平の姿をすぐに隠した。

ありすと橘が動けずにいると、ナツメが彼の後を追う。

「ナ、ナツメ」

「ありす様、橘様はそこに。今鳥に連絡させましたから、すぐに内裏の者たちが来るでしょう」

ナツメはそう言って、茂みの中へと消えていった。

亮平は、瓦屋根の小さな社の裏側まで来て、へぇ、と洩らす。

よく見ると建物は、五角形になっていた。

そして建物の裏側には、ちょうど大人が一人立てるくらいの大きさの、四角いマンホールの蓋のようなものがあった。

「これだな」

亮平が小声で洩らした時、ガサガサという草の音と共にナツメが姿を現わした。

「亮平様」

「ちょっ、驚かすなよ」

「失礼しました」

「いや、いいんだけどよ。俺が勝手にびびっただけだし」と、亮平は苦笑してしゃがみこみ、蓋の取っ手に手を掛ける。

だが、ビクともしなかった。

「亮平様、この蓋はナンバー式ロックがかかっているようですね」

ナツメが小さな前足で蓋の上の埃を取ると、ダイヤル式のナンバーが三つ現われた。

「三桁のようだな」

「組織の者にしか分からないナンバーなんでしょう」

これは骨が折れますね、とナツメが顔をしかめる。

そんな中、亮平は躊躇することなく『６６６』と数字を合わせると、カチャリと音がして、蓋がぱかりと開いた。

「す、すごいですね。どうして、ナンバーが分かったんですか？」

驚くナツメに、亮平は肩をすくめる。

「俺が人間界にいた頃、『オーメン』って映画が流行っていて、悪魔の子が六月六日の六時に生まれて、悪魔のナンバーが『６６６』だっていうのは割と知られた話なんだ」

蓋を全開にすると、地下へと続く階段が目に入る。

「ナツメは、ありすたちのところに戻れよ」

階段に目を落としたままそう告げた亮平に、

「申し訳ございません。手遅れでした」

ナツメがぽつりと零す。

「手遅れ？」

亮平が振り返った時、ありすと橘を抱えた黒い服の男たちが五人、立ち塞がっていた。

ありすと橘は薬をかがされたのか、意識がないようだ。

「……ピンチ、だけど、鳥に連絡させたんだよな?」

「残念ながら、わたしが託した鳥は、彼の手に……」

一人の男の手には、鳩の死骸もある。

「やばいな」

亮平は立ち上がって、拳を振り上げる。

男の一人は倒すことができたが、背後から別の男に棒で殴られて、亮平は意識を失った。

五

ありすと橘は、門の前で固唾《かたず》を呑んで、亮平の帰りを待っているところを何者かに背後から羽交い締めにされ、その後は意識を失った。

おそらく薬をかがされたのだろう。

「――ありすさん、ありすさん」

誰かが自分を呼ぶ声で、目を覚ました。

うっすら目を開けると、ゆらめくロウソクの明かりが見える。

ありすは冷たい床に転がされていた。

同時に、白い布がかけられた椅子に座らされ、拘束されている菖蒲の姿も目に入った。

「あ、菖蒲様」

ありすは、体を起こそうとするも、思うように動けない。

体中、ロープでぐるぐる巻きに縛られていて、まるで芋虫のようになっている。

薄暗い部屋には、いくつもの燭台があり、部屋を仄《ほの》かに照らしていた。

床には五芒星が描かれている。

向きが分からないが、おそらく逆五芒星なのだろう。

「ありすさん、ごめんなさい。助けに来てくれたんですのね？」

涙目で問う菖蒲に、ありすは首を振る。

「助けには来ましたけど、謝ったりしないでください」

徐々に目が慣れてきて、より部屋の様子が見えてくる。

五角形の部屋の壁際にずらりと囲むように、黒装束の男たちの姿があった。

無言で自分たちを見ていることに、背筋がぞくりと冷える。

亮平が自分と同じように縛られた状態で床に転がっているのは見えたが、橘やナツメの姿はなかった。

「た、橘姉さんやナツメは？」

ありすは恐怖の中、震えるように尋ねると、一人の男が歪んだ笑みを浮かべた。

彼は以前、高野川の河原でありすを攫おうとした盗賊だった。

「儀式に必要なのは、清らかな少年少女のみ。狐とうさぎ、そして大人の男には用はない。儀式が終わった後に処分させてもらう」

男はまるで狩りの戦利品のように縛り上げた狐の尾と兎の耳をつかんでかざして見せる。

三人は気絶させられているようだが、とりあえず、今は無事であることにありすは安堵した。

「それにしても、儀式が行われる満月の夜にちょうどもう一人の生贄が転がり込んでくるとは」

男たちは、ありすを見て愉しげに嗤《わら》う。

「そなたたち、わたくしたちをどうするつもりですか？」

菖蒲は真っ赤な目で、彼らを睨んだ。

「お姫様ならご存じでしょう。森羅万象は陰陽のバランスでできているのです。光が射せば影ができる。神がいるならば悪魔もいる。それぞれに役割があり、必要とされているのです」

中央に出て話し始めたのは、ありすを攫おうとした男とは、別の人間。中年の男だった。

「我々は、少年少女を切り刻むことに心から喜びを感じる者たちばかりです。そう、それは、『陰』の部分を受け持つ運命を持った必要な存在ということなのです。陰の神に自らの悦《よろこ》びを供物として捧げる。そうした役割を我々は担っているのですよ」

話しながら彼は興奮してきたのか、鼻息が荒くなっている。

菖蒲は心底、穢らわしいものを見たという目で、顔をしかめた。

「残念ね。もしあなた方に少しでも『罪悪感』があるなら、他の世界に飛ばされるだろうに、その欲望に一点の曇りもないためにここに存在していられる。まぁ、なんて哀れな存在だこと」

その言葉にカチンときたのか、若い男が菖蒲の前まで躍り出て力一杯平手打ちをした。

ばちんという痛々しい音と、きゃっ、という菖蒲の悲鳴が耳に届く。

菖蒲をぶったのは、ありすを攫おうとした男だった。

ありすは床に寝転がった状態であり、何もできない状況のもどかしさにじたばたしながら、なんとか膝を抱えるようにして座る。

男は菖蒲の胸倉をつかみ、締め上げるようにして睨みつける。

「なぁ、お姫様、あんたは、王室に生まれついた、『選ばれし者』だ。この世界に王家があったことに驚いたが、どの世界もシンボルが必要ということなんだろうな。そんなあんたに我々の気持ちなど分かるはずもない」

男の言葉から、彼も自分と同じ人間界から来たことを感じ取った。

なんらかの要因から、この世界に紛れ込んだのだ。

「俺たちは、あんたとは真逆《まぎゃく》の、『心から子どもを切り刻みたいと思う者』に生まれついた。それも宇宙の意志なんだよ」

男は歪んだような笑みを浮かべる。

「まぁ、切り刻むだけじゃなくて、ぼこぼこにするのも好きだけどな」

そう言って拳を振り上げ、ありすが「やめて」と叫んだ時、

「やめろっ」

意識を取り戻した亮平が立ち上がっていた。

ありす同様手足を縛られた状態にもかかわらず、跳ねるようにして男に向かって突進し、頭から体当たりする。

「くそっ、面倒だ、殺せっ」

他の男が、亮平に向かってナイフを振りかざしたその時、亮平の体を取り囲むように光の輪ができて、ナイフが撥《は》ねつけられた。

突然現れた『バリア』のようなものに男たちは驚き、固まっていたが、何より驚いていたのは亮平のようだ。

呆然と、自分を取り囲む光を見詰め、「……めぐみ？」と呟く。

光はまるで頷くようにして、散り散りになって消えた。

おそらく、『めぐみ』とは、天都に招かれたという彼の奥さんなのだろう。

彼の危機を察知して、その意識だけが護りに来たのかもしれない。

奇跡を目の当たりにした男たちは、動揺したように顔を見合わせる。

彼らは彼らで、自分の残虐性を正当化してきたのだ。

菖蒲が言うように、その残虐性に『一点の曇り』もなく純粋に殺戮《さつりく》を愉しみ、なおかつ大義名分もあり、仲間もいるため、ここに存在していられた。

だが、神の威光を目の当たりにし、彼らは明らかに狼狽《うろた》えている。

――それならば。

ありすはギュッと拳を握る。

「菖蒲様の言う通り、あなた方は哀れな存在だわ」

ありすが声を上げると、男たちも菖蒲も亮平も驚いたように、ありすを見た。

「今のを見たでしょう？　森羅万象が亮平さんを護った。それはつまり、あなた方は『必要な存在』なんかじゃないということ。そう思いたかっただけ」

ありすはそこまで言って息を吸い込む。

「陰陽のバランスは、たしかにあるかもしれない。だけど、それは森羅万象に認められているわけではなく、飽くまで自然の事象。誰かが自ら『受け持つ』ことなんかじゃない。元いた世界で身の置き所のなかったあなた方は、こっちの世界に来てようやく自分の居場所を見付けたような気になっていたんでしょう？」

ありすの言葉に、男たちの目は動揺の色を見せていた。

「人は誰しも多かれ少なかれ、醜い部分を持っていると思う。自分を偽らないのは大切だけど、醜さを正当化するのは、また違うことではないかしら。現にあなた方だって『こんな自分で良いんだろうか？』って悩んだことがあるんでしょう？　『どうしてこうなんだろう』って苦しんだことがあるでしょう？　それはとても大切なことなの。欲望にだけ忠実にならないで。その気持ちだってとても大切だから、殺したりしないで」

そこまで言うと、男たちはわなわなと震え出した。

「こ、この小娘が」

怒りに身を任せながらも、彼らの中で『疑問』が生まれたのだろう。

これまで自分たちは森羅万象における『陰』を司る選ばれし存在と信じてきたのだ。だが、それは、自分たち自身に言い聞かせて嘘で固めたような、とても脆《もろ》いものだったのかもしれない。

亮平を護った光を目の前で見たことと、ありすの言葉によって、かつて元の世界では常に抱いていたであろう疑問が、彼らの中に湧き上がる。

『自分は存在してはいけないのではないか』という疑問と、罪悪感。

男たちは痛みを覚えたのか、急に「わあああ」と悲鳴を上げながら、床を転がり出し、みるみる老いていく。

彼らの髪が白くなり、皮膚が衰えていった。

「くそっ、月が上がるのを待っていられない。今すぐ儀式だ。まずはこの娘から、めちゃくちゃに切り刻んでやるよ」

男が老人になりながらも、ナイフを振りかざしたその時、勢いよく後方の扉が開き、熊のような犬が飛び込んできた。

「――ありす、助けに来たぞ！」

その犬の背には、蛙の姿があり、

「ハチスっ！」

ありすは顔を真っ赤にして、声を上げた。

「今、内裏の警察官たちも来るから」

続いて紅葉が飛び込んでくる。

そこからはまさに阿鼻叫喚《あびきようかん》だった。

八坂神社の狛犬たちが飛び込んだのを筆頭に、内裏の警官である烏天狗《からすてんぐ》たちが押し寄せる。

老人となった男たちは逃げ惑うも、次々に拘束される。

ありすは助かったことで気が抜けて、その様子をまるで映画でも観ているかのように、ぼんやりと見ていた。

気が付くと、男たちは烏天狗たちに連行され、菖蒲は保護され、ありす、ナツメ、橘、亮平の縄は紅葉の手によって解《ほど》かれていた。

「ありす様、ご無事で良かった」

「間に合って、本当に良かった」

ナツメとハチスが駆けつける。

「ナツメ、ハチス、ありがとう」

ありすは飛びついてくる二人を抱き留めながら、ふと、あの時、内裏で后妃と交わした会話が蘇った。

＊　＊　＊

『ああ、ありすさん、もうひとつ、訊きたいことがありました』

そう言って后妃はありすを呼び止めた。

ありすが『はい』と足を止めると、

『――人間界にいたあなたがこの世界にいる。それは蓮があなたを呼び寄せたのではないでしょうか？』

后妃の強い眼差しに、ありすの鼓動が、ばくんと跳ねた。

『れ、蓮様が私を？』

『もしかしたら、あなたは蓮にすでに会っているのではないでしょうか？　もちろん蓮だとは知らずに。因果で形を変えた者は、自分のことを名乗れません。呼び寄せたあなたに自分だと気付いてもらうことで、その呪いは解けるのです』

『い、いえ、でも私は蓮様の居場所は……』

ありすはおろおろと目を泳がせ、曖昧な返事をした。

＊＊＊

あの時は菖蒲のことが心配なのもあり、深くは考えられなかった。

――だけど、今ならわかる。

ありすは、ナツメとハチスを抱き締めながら全身が心臓になったように、ばくばくと脈打っているのを感じていた。

かつて、蓮が特別愉しそうに笑っていた童話があった。

その童話を思い出したのだ。

「……私、分かっちゃったよ」

ありすは、静かに口を開き、しっかりと視線を合わせた。

「あなたの正体が……あなたの好きだった童話も」

ありすの言葉にナツメは驚いたように目を見開き、ハチスは弱ったように苦笑する。

ややあって、

「……それじゃあ、あの童話みたいに、俺を壁に叩きつけるのか？」

肩をすくめてそう言ったハチスに、「ううん」とありすは首を振る。

やっぱりあなただったんだ。

どうしてあなたは、あの時、宿屋で名前を書くところを隠したのか……。

それは、おそらく、本名を書くのを見られないため。

そして何より――。

「蓮は、『カエルの王子様』が好きだったよね。すごく愉しそうに聞いていた」

その物語は王子が悪い魔法で蛙に変えられ、呪いを解いてもらうために姫に付きまとうというもの。

最後に姫が怒って、蛙を壁に叩きつけると、蛙は美しい王子に変わる。

『ごめんよ、姫。僕は悪い魔法使いに蛙にされていた王子なんだ』

そう言う美貌の王子に、『まあ、そうとは知らずにごめんなさい』と姫は態度を一変させ、王子と結婚するというもの。

ありすはＰＯＰにこの話を『愉快なお話』としたけれど、ハチスは『ひどい話』と笑っていた。

「私は、あなたを壁に叩きつけたりしないよ。だって、あなたの言う通りひどすぎるもの。だから、私は違う童話で。ハチス、ううん、――蓮」

ありすは、掌の上の蛙の姿をジッと見詰めた。

「こんな小さな体になっても、今まで護ってくれてありがとう。何度も助けてくれて、私を支えてくれてありがとう」

ありすは、そっとハチスの額にキスをする。

次の瞬間、目も開けていられないような眩しい光が部屋を包む。

眩《くら》んだ目が慣れる頃、ありすの目の前に蓮がいた。

彼はハチスが着ていたのと同じ、ダークグレーの甚平を纏っている。

だが、その姿は、出会った頃の幼い少年のままだ。

「あれ、どうしてこんなに小さいんだ」

蓮は戸惑ったように、自分を見る。

「ありす様に再会し、行動を共にしていたことで、心身がすべて『あの頃』に戻ってしまっていたのでしょう」

ナツメは少し呆れたように言った。

蓮は自分の小さな手を見て、ちっ、と舌打ちするも、「まぁいいや」と言い、

「ありす」

屈託のない笑顔を見せ、両手を広げた。

それは、変わらない蓮のままであり、

「――蓮っ」

ありすは、ぎゅっと小さな蓮を抱き締める。

「ずっと会いたかった。自分が十六になったら迎えに行こうと思ってたんだ」

蓮はありすに抱き付きながら、そう言う。

「うん、ありがとう。約束を覚えててくれて、ありがとう。そして本当に迎えに来てくれてありがとう」

ありすは蓮を抱き締め返しながら、堪えきれずに涙を流す。

その様子を側ではナツメ、少し離れたところで亮平と橘、そして紅葉が優しく見守っていた。

終章

「まさか、あなたが、蓮に協力していたなんて――棗」

内裏の中庭で后妃は、初老の紳士に姿を変えた棗を見上げて、驚きと共に半ば呆れたような声を出す。

「申し訳ございません」

棗は胸に手を当てて一礼するも、悪びれることなく話を続ける。

「ですが、わたくしは幼い頃より蓮様に仕えた世話係。つまり一度は蓮様を『必要ない存在』と裏切っているのです。そんな蓮様は、人間界に行き、ありす様とお過ごしになられたことで変わって帰ってこられました」

「……それは、分かりますよ。何よりあの子をこっちの世界に戻してくれたのはあなたです。その身をうさぎに変えてまで」

その後、蓮がうさぎとなった棗を自分の世話係だと気付いたことで元に戻るのだが。

「ですが、どうしてこんなことに？　縁談だって無理やりの話ではありませんでした。別の世界に住む花嫁候補をこんなに早急に呼び寄せる必要もなかったでしょう」

后妃は解《げ》せないように、頰に手を当てる。

「実は、蓮様は、自らに縁談の話がきたことで、『結婚』というものを意識されました。その際に幼き日に結婚の約束をしたありす様が、今どう過ごされているか、急に気になって鳥を遣わして探ったのです。蓮様は、ありす様が人間界の京都でご両親と共に幸せに生活されていると信じていました」

棗はそこまで言って、肩を落とす。

「ですが、実際は違ったのです。ありす様は身の置き所のないような生活をされていました。蓮様は、そんなありす様の不幸な現状を知り、大変動揺されまして、いてもたってもいられず、なんとしても彼女を呼びたいと、助けたいとわたくしに相談されたのです。わたくしはそんな王太子殿下の願いを叶えてあげたいと、心から思いました」

「――それでわざわざ、うさぎに化けて」

后妃は、やれやれ、と息をつく。

「これがなかなか大変でしたよ。最初にダミーのうさぎのぬいぐるみを用意したり」

棗は、ふふふ、と微笑む。

「あなたのことです。彼女が蓮に相応しいか品定めもしていたのでしょう」

「品定めとは聞こえが悪いですね。ですが共に行動して、彼女を観察させてはもらいました」

「あなたの目から見て、あの子はどんな子でしたか？」

「自ら置かれた状況を悲観しすぎず、賢明で、優しい子です」

后妃は、小さく頷く。

「……そうですか」

「そしてありす様は、短期間で彼女なりにこの世界の仕組みをつかみました。賊たちに言い放った言葉は、見事としかいいようがありません。彼らは彼らで大きな因果を背負ってしまった存在です。ですが、彼らの中に『変わりたい』という心があるならば、変わることができるのですから……」

棗はそう言って空を仰いだ。

「あなたはこれからどうするのですか？」

「もちろん、これまで通り、お二人を見守りますよ」

さらりと言うナツメに「そんなにもあの子を気に入ったのですか」と后妃は笑う。

「良い子なのは分かりますが、何がそんなに蓮やあなたを惹きつけたのでしょう」

「彼女はおそらく気付いていませんが、いつも魔法の言葉を忘れない子なのです。蓮様はおそらく彼女からたくさん魔法の言葉をもらい、変わっていったのでしょう」

「魔法の言葉？」

「はい、彼女はいつもどんな時も口癖のように『ありがとう』と言うことができる、素敵なお嬢さんなのです」

その言葉に后妃は納得した様子で、大きく頷いた。

「たしかに、これ以上ない魔法の言葉ですね。ところで、ひとつ聞きたかったのですが、どうして蓮は『ハチス』という名を？」

そう問うた后妃に、ナツメは「おやおや」と目を細める。

「ご存じありませんでしたか？　『ハチス』は蓮の花の別名でもあるのですよ」

后妃は納得したように頷き、

「しかし、彼女もよく蛙となったあの子を分かってくれたこと。わたくしには分からなかった」

と自嘲的な笑みを見せる。

「……蓮は、もうきっと『王太子』ではいたくないのでしょうね。わたくしもこれからのことを考えねばなりません。諸々《もろもろ》はさておいて、とりあえず棗。蓮とありすさんをどうぞよろしくお願いします」

后妃はそう言って深く頭を下げる。

「それでは、ありすさんを招きましょう。菖蒲と蓮を救ってくれたお礼をしなくては。

棗、呼んできてくれますね」

「はい、かしこまりました」

棗も頭を下げ、顔を上げた時には、再びうさぎの姿になっていた。

「それで、どうして、またうさぎに？」

「それはもちろん、この姿をとても気に入っているんです」

うさぎに変わった棗――ナツメはそう言って、いたずらっぽく笑った。

＊＊＊

ありすは、迎えに来たナツメをショルダーバッグに入れて、帽子を目深《まぶか》にかぶった少年・蓮と手をつなぎ、家を出た。

「内裏でのパーティに呼ばれるなんて、緊張しちゃうなぁ。パーティには師匠や橘姉さん、亮平さんも来てくれるって」

楽しみだね、と、ありすは蓮を見下ろす。

だが蓮は面白くなさそうに口を尖らせていた。

「どうして、そんな顔してるの？」

「婚約者と手をつないでるはずなのに、そうは見られないのが悔しいんだよ」

ぶすっとしている蓮に、

「たしかに、お姉さんと幼い弟にしか見えませんね」

とナツメが言うので、ありすは思わず笑ってしまう。

「でも、私はちょっとホッとしてるよ。いきなり大きくなった蓮の姿だったら戸惑いそうだもん。こうやって手をつなげないよ」

そう言うと、蓮は顔を明るくした。

「おっ、それなら良かった」

「でも、ずっとそのままなのかな？」

「おそらく蓮様が心から『大人になりたい』と思えば変わるはずです」

そう言うナツメに、蓮は「だな」と頷く。

「ちゃんと結婚して、二人の間に子どもが欲しいと思ったら、否が応でも大人になるから大丈夫だ」

華奢《きゃしゃ》な幼い胸にどんと拳を当てる蓮に、ありすは顔を紅潮させた。

「も、もう、気が早すぎるよ」

ありすが火照《ほて》る頬を摩《さす》っていると、蓮は少し心配そうな目を向ける。

「もちろん、ありすがこのままここにいていいと思っていたらの話だけど。ありすはこれからどうするんだ？」

「えっ、どうって……？」

何故、今さらそんなことを訊くのだろう、とありすは蓮を見詰めた。

「叔母さんから手紙が来てただろ。本当はあの叔父さんさえいなかったら、ありすは元の世界に戻りたいんじゃないか？」

真摯《しんし》な瞳で尋ねる蓮に、ありすは小さく笑って、空を仰いだ。

「叔母さんには、返事の手紙を書くよ」

「なんて？」

「私は、こっちに来て幸せに楽しく暮らしています。自分の居場所を見付けましたって。これは書けないけど、本当は大きな文字で伝えたいくらい。私は大好きな人たち――蓮とナツメと一緒に、自分が一番好きな仕事を楽しんでやっています。『ありす堂』という書店の店長を楽しんでやってますって」

ありすは空に向かって、うん、と背を伸ばす。

蓮は心底嬉しそうに、屈託ない笑みを見せる。

その愛らしい笑顔に、頬が緩んだ。

あの美しい十五歳の蓮に戻ってもらいたいような、ずっとこのままでいてもらいたいような、複雑な気分だ。

「俺もありすの手伝いをしながら、自分の本当にやりたいことを探したい。だから内裏に行ったら、そのことをハッキリ言うよ。ずっとありすの側にいるって」

つないだ手に力を込めてそう言った蓮の強い眼差しに、ありすの鼓動が強くなった。

「……ありがとう」

涙が出そうになりながら、握った手に力を込めると、

「できれば、二人きりの時にそういう話をしていただけると」

バッグの中のナツメが弱ったように肩をすくめていた。

ありすと蓮は頬を赤らめて、小さく笑い合う。

「そうそう」と、ありすは気恥ずかしい気持ちを誤魔化すように話を続けた。

「捕まった盗賊たちは、どうなったのかな?」

「ほとんどが姿を消しました。他の世界に移ったのでしょうね。六道でいうところの『畜生道』かもしれません」

そう答えたナツメに、ありすは目を伏せた。

「同情されているのですか?」

「ううん、そういうのとは違っていて、あの時、自分の言ったことは本当に正しかったのかなって」

「どういうことだ?」と蓮が顔を上げる。

「彼らは心から殺戮を楽しんでいたわけでしょう?　そしてこの世界に存在できた。私

はそんな彼らを決して許せない。だけど彼らが言っていたように陰陽のバランスだったり人の推し量れないところから見たら、『悪』として必要な存在だったのかなって」

そう思うと複雑でやり切れなくなり、ありすは険しい表情で目を伏せる。

「この世界に必要な存在かそうではないか、ジャッジを下すのは、天ではなく、自分自身です。この世界に留まるのも、飛ばされてしまうのも、実は自分が決めているのです。ありす様はあの時、心から自分の思った言葉を伝えた。それに対して彼らが自分で結論を出したのですよ」

ナツメの冷静な言葉に、ありすは首を捻った。

「……分かるような、分からないような」

「ただ、ひとつはっきり言えるのは、森羅万象の仕組みとは、自分がやったことは、すべて自分に返ってくるということです。大義名分の下、快楽に身を任せて殺戮を繰り返した場合、ある猶予期間を経て、ちゃんと自分に返ってくるのです。ですから、今回のことはなるべくしてなった結果なのでしょう。おそらく彼らは飛ばされた世界で、自分がしてきたことが返って来ているのではないでしょうか」

そう言ったナツメに、ありすは頷く。

「そっか、そういうことなら納得」

「ナツメも最初からそう言えよ、回りくどい」と言う蓮に、ありすは笑った。

「そうだ。内裏にいったら菖蒲様にまた本を読んであげる約束をしてるの。『カエルの王子様』を読もうかと思って」

するとは蓮はプッと噴き出す。

「ああ、あのひどい話な」

「わたくしは『カエルの王子様』というお話を知らないのですが、どんなひどい話なのでしょう、ぜひ聞きたいです」とナツメ。

「本当にひどいんだよ。あんなヒロイン、ありえないと思うんだよな。掌返すんだぜ」

「もしかしたら、それがリアリティなのかもしれませんよ」

「なるほど、あれは世の男に向けた教訓なのかもな」

そう話す二人に、ありすは「もう、相変わらずなんだから」と口を尖らせた。

夕暮れの空の下、三人の影が長く伸びる。

それは幼い約束が、しっかりと守られた日。

その後も、この京洛の森で、様々な出来事やちょっとした事件が起こるのだけど。

――それはまた、別のお話。

あとがき

はじめまして、望月麻衣と申します。

はじめましてじゃない方は、いつもありがとうございます。

これまでライトなミステリーだったり、はんなりライトな妖《あやかし》ものを書いてきた私ですが、ずっと『いつかファンタジー作品を作りたい』という気持ちがありました。

というのも、私の中のエンターテイメント性のようなものは、『スタジオジブリ作品』の影響を大きく受けておりまして、『いつかジブリ作品のような不思議で可愛くてわくわくするファンタジーを書くことができたら』と思っていたのです。

この度、文藝春秋の編集様とご縁をいただきまして、打ち合わせの際にお互いに『ファンタジー好き』であることが分かり、『京都をベースにしたジブリ作品のようなファンタジーを』と盛り上がりまして、本作品が出来上がりました。もちろんジブリ作品を目指したなんて恐れ多い話ですが、私のリスペクトが詰め込まれております。

少しでも、楽しんでいただけたなら幸いに思います。

私と本作品をとりまくすべてのご縁に感謝申し上げます。

本当に、ありがとうございました。

文春文庫

京洛《きょうらく》の森《もり》のアリス

定価はカバーに表示してあります

2018年2月10日　第1刷

著　者　望《もち》月《づき》麻《ま》衣《い》

発行者　飯窪成幸

発行所　株式会社 文藝春秋

東京都千代田区紀尾井町3-23　〒102-8008
TEL 03・3265・1211㈹
文藝春秋ホームページ　http://www.bunshun.co.jp

落丁、乱丁本は、お手数ですが小社製作部宛お送り下さい。送料小社負担でお取替致します。

印刷・萩原印刷　製本・加藤製本

Printed in Japan
ISBN978-4-16-791015-0